KB025031

작은 나의 책

작은 나의 책

1판 1쇄 인쇄	2020년 8월 8일
1판 1쇄 발행	2020년 8월 20일

지은이	김봉철
발행처	(주)수오서재
발행인	황은희 장건태
책임편집	마선영
편집	최민화 박세연
마케팅	이종문 황혜란
디자인	권미리
제작	제이오
주소	경기도 파주시 돌곶이길 170-2 (10883)
등록	2018년 10월 4일 (제406-2018-000114호)
전화	031)955-9790
팩스	031)946-9796
전자우편	info@suobooks.com
홈페이지	www.suobooks.com
ISBN	979-11-90382-25-0 (03810) 책값은 뒤표지에 있습니다.

이 도서의 국립중앙도서관 출판시도서목록(CIP)은 서지정보유통지원시스템 홈페이지
(http://seoji.nl.go.kr)와 국가자료공동목록시스템(http://www.nl.go.kr/kolisnet)에서
이용하실 수 있습니다. (CIP제어번호: CIP2020031274)

도서출판 수오서재守吾書齋는 내 마음의 중심을 지키는 책을 펴냅니다.

독립출판의
왕도

김봉철 지음

작은 나의 책

수오서재

일러두기

이 책은 30대 무직이었던 한 사람이
독립출판을 하고 출판사를 통해 책을
내게 된 과정을 적어낸 이야기입니다.
2017년부터 《30대 백수 쓰레기의
일기》, 《봉철비전: 독립출판 가이드북》,
《이면의 이면》, 《마음에도 파쓰를 붙일
수 있었으면 좋겠어》 등의 독립출판물을
만들었으며 그중 일부는 《이면의 이면》,
《숨고 싶은 사람들을 위하여》라는
제목으로 출판사를 통하여 출간되었고
《당신의 글은 어떻게 시작되었나요》,
《무너짐》 등에 참여했습니다. 독립출판은
개인 혹은 소수의 인원이 직접 쓰고
편집한 글을 인쇄소에서 출력하여

만들어낸 책이며, 형식이나 내용에
특별한 제약을 받지 않는 이러한
독립출판물은 전국 독립서점에서
만나볼 수 있습니다.

서문

    서문을 써야 합니다. 책의 머리 부분에 들어가는 글입니다. 왜 이 책을 쓰게 되었는지와 어떤 이야기들이 담겨 있을지를 간략하게 소개해야 합니다. 아니면 아예 관련이 없어 보이는 뜬금없지만 흥미로운 이야기로 글을 시작해서 이리저리 에둘러 돌아가는 것처럼 보이다가 결국에는 내가 왜 이 책을 쓰게 되었는지를 한두 줄의 문장으로 정리하여 끝을 낼 수도 있습니다.

    살면서 몇 번은 저도 취업을 위해 이력서를 작성해본 일이 있습니다. 어느 고등학교를 졸업했고 전공은 무엇이었으며 군대는 언제 다녀왔는지. 서른이 넘는 저의 인생은 단 한 장의 백지도 채우지 못할 만큼 가냘파 보였습니다. 그래도 조금은 남들에게 보일 만한 구석이 있지 않을까. 아무리 눈을 씻고 찾아보아도 있을 리 없습니다. 종이의 반도 다 채우지 못할 저의 이력은 한두 줄의 문장으로 정리하여 끝을 낼 수 있을 것 같 았습니다.

서문을 써야 합니다. 책에는 응당 서문이 있어야 하고 본문 에는 순서가 있어야 하며 글에는 두서가 있어야 합니다. 누군 가의 추천사가 있으면 더욱 좋겠고 그 누군가는 유명하면 유 명한 사람일수록 더욱 좋겠죠. 표지의 디자인은 사람의 이목 을 끌어야 하고 제목은 간단하고 명료하면서도 단번에 호기심 을 자극해야만 합니다.

일단은 살아왔다. 어쩌다 보니 숨도 쉬고 있다, 그것도 가끔 은 복식호흡을 하여 배로도 숨을 쉰다. 겁을 먹고 주위의 눈 치를 살필 때는 잠시 숨을 멈추기도 한다. 심장이 뛰고 가슴 이 설레는 마음이 들킬까 잠시 호흡을 멈추던 때도 있습니다. 종이에 단 한 줄의 이력으로도 적히지 못할 것 같은 이야기들 을 적었습니다. 학력도 경력도 없습니다. 이렇다 할 이력도 없 습니다. 어떠한 성장 과정을 지내왔으며 자신의 장점은 뭐라고 생각하는지 묻는다면 그냥 웃을 뿐입니다. 일단은 살아왔다. 그리고 가끔은 숨도 쉰다.

삶에는 응당 서문이 있어야 하고 인생에는 순서가 있어야 합니다. 왜 태어났는지, 어떻게 살아왔는지를 적으라면 저는 도통 적을 말이 없습니다. 서문조차 쓰이지 못한 저의 삶이라도 단 한두 줄의 문장으로만 끝을 내라면 나름의 억울함은 있습니다. 그 문장과 문장 사이의 숨어 있는 저의 말들을, 가슴을 내밀고 어깨를 펴고 허리를 꼿꼿이 세워야만 살아갈 수 있다는 세상에서 고개를 비스듬히 뉘어야만 보이는 저의 삶을 적어보았습니다. 어쩌면 서문 따위는 필요 없을지도 모릅니다. 여기, 저의 작은 책을 보여드립니다.

차례

1부

1부

벙어리 삼룡이 백치 아다다

처음으로 글을 쓴 것은 네 살 때, 이는 전적으로 어머니의 회고로부터 기록될 수밖에 없는데 부엌에 계신 어머니에게 네 살 때의 내가 다가가 흰 종이 한 장을 내밀었다고 한다. 종이에는 내 이름 세 글자가 삐뚤빼뚤하게 적혀 있었고, 형이 글씨 연습하는 것을 보고 형이 하는 것을 무조건 따라 하던 때의 내가 글씨 쓰는 법을 알려달라고 하여 이름을 적었다고 한다.

처음으로 부끄러움을 느낀 것은 여섯 살 때, 유치원에 다니던 나는 수업이 끝나고 어머니가 데리러 오실 때까지 홀로 남아 있을 수밖에 없었다. 선생님이 기다리며 마실 우유 한 잔을 주겠다고 하셨다. 선생님은 분유통처럼 보이는 큰 깡통에서 하얀 가루를 컵에 담아 뜨거운 물을 부어주었다. 집에서 먹던 흰 우유를 주려나 보다 하고 생각하던 나로서는 상상도 못한 일이었다. 선생님은 우유를 타주고 잠시 자리를 비우셨다.

나는 눈앞에 놓인 잔을 보며 한참을 고민할 수밖에 없었다. 이게 뭐지 이게 우유인가? 왜 분유통에서 꺼냈지? 나도 이제 어엿한 여섯 살인데 나를 아직 아기처럼 생각하는 건가? 우유의 종류가 내가 알고 있던 것과 다른 게 있었나? 마셔도 되나? 이런 고민을 한참 하던 와중에 우유는 식어가고 있었다. 나는 그때 또다시 새로운 고민을 시작했다. 이 정도로 식으면 선생님은 내가 이 우유를 마시고 싶지 않다고 생각하는 건 아닐까? 지금이라도 내가 잔을 들어 우유를 마시는 도중에 선생님이 들어와 그 모습을 본다면 내가 지금껏 고민하다 입에 잔을 대었다는 것을 눈치채버리는 것은 아닐까? 왠지 음료에서는 달콤한 향이 나는 것 같은데 나를 이 정도까지 고민하게 만들었다면 한 모금 정도는 마셔보아도 되지 않을까? 결국 내가 선택한 방법은 새끼손가락으로 차갑게 식어버린 우유를 살짝 찍어 맛보는 것이었다. 그 와중에도 선생님이 혹시 들어오시지는 않을까 문 쪽을 유심히 지켜보며.

처음으로 글을 잘 썼다고 칭찬을 받은 것은 고등학교 2학년 때, 당시 친구가 없어 둘이 앉을 수 있는 책상에서도 혼자 앉고는 했다. 학기 초라 대학생들이 교생으로 실습을 나왔다. 국어 시간이었나 얼마 전에 다녀왔던 소풍을 주제로 각자 한 페이지의 글을 써보라고 했다. 도마 소리에 잠을 깼다. 눈을 비비며 나가보니 부엌에서 어머니께서 김밥을 싸고 계셨다,로 시작되던 글이었고 같이 장난치고 이야기를 나눌 친구도 없었기에 나는 글을 썼다. 교생 선생님이 다가왔고 교실에 유일하게 혼자 앉은 학생이라는 게 창피해 나는 고개를 숙였다. 선생님이 한참 내가 쓴 글을 읽고 계셨고 나는 같은 반 아이들이 때려 팔에 있는 멍 자국들을 그가 발견할까 봐 빨리 떠나기를 바랄 뿐이었다.

— 잘 썼다, 책을 많이 읽니?

교생 선생님은 같이 왔던 다른 교생 선생님과도 내가 쓴 글을 돌려 읽었다. 도마 소리에 잠을 깼다. 눈을 비비며 나가보니 부엌에서 어머니께서 김밥을 싸고 계셨다,로 시작되는 몇 줄되지 않는 짧은 글을.

블로그를 시작한 것은 2006년의 어느 날, 군대에서 파견을 나갔던 대구의 한 피시방에서였다. 엄했던 아버지, 학창시절의

따돌림 등으로 대인관계가 늘 어려운 편이었던 나는 일반적인 군대에 입대한다면 버티기 어려울 것 같아 흔히 카투사라고 부르는 미8군 한국군 지원단으로 입대하게 되었다. 편의점에서 야간 아르바이트를 하던 시절에 카투사 지원을 위해 토익 책을 펴놓고 공부를 하고 있으면 손님들이 와서 뭘 하나 들여 다보기도 하고 요구르트나 빵을 사서 먹으라며 주기도 했다.

여름이면 미군들이 미국에서 와 한미 연합 훈련을 하는데 평택에서 복무하던 나는 2006년 여름, 대구로 파견을 나가 한 달 정도 근무하게 되었다. 2교대로 근무가 끝나면 외출이 자유로웠는데 대구에 처음 가봤던 나는 신기하여 시내에 자전거를 타고 나가 돼지국밥을 먹고 피시방에 가서 게임을 했다. 게임을 하다 쉬는 중 아무 생각 없이 블로그를 만들었다. 블로그 명을 정하라기에 고등학교 때 읽었던 소설의 제목을 이었다.

벙어리 삼룡이, 백치 아다다.

말도 잘 못 하고 한없이 바보 같기만 한 나와 왠지 잘 어울리는 것 같았다. 이름을 정하라기에 아무 생각 없이 촌스럽지만 정감 가는 이름을 이것저것 떠올려보다가 김봉철이라고 적었다. 이때는 이 이름을 지금까지 사용하고 이 이름으로 책도 낼 줄은 꿈에도 상상하지 못했다. 무엇을 써야 할까, 쓴다고 해서 누가 와서 읽어보기는 할까. 나는 의아했지만, 그냥 게임을 하다 계속된 패배에 지쳐 잠시 숨 돌릴 틈을 찾았을 뿐이라 큰 의미는 두지 않았다.

누구도 궁금해하지 않겠지만

군대를 전역하면 모든 것을 새롭게 시작하고 싶었지만 나는 결국 또 아무것도 하지 않았다. 집에서 놀던 20대 후반의 어느 날, 군대에서 만들었던 블로그가 생각났다. 카테고리를 정했다. 30대 백수 쓰레기의 일기. 내가 설마 지금 아무 일도 하지 않고 놀고 있지만 30살이 되어서까지 백수일까? 나에게도 정말 30살이 올까? 하는 마음이었다. 물론 30살이 넘어서도 한참을 더 아무 일도 하지 않았다.

블로그에는 일상을 올렸다. 정말 누구도 궁금해하지 않을 것 같은 30대 무직 남성의 소소한 하루들, 사소한 일상들을 써서 올렸다. 순간순간 스치는 단상들. 매일의 단출한 기록들. 아무리 집에서 논다고 해도 기록할 만한 일상은 있다. 아무리 친구가 없다고 하여도 전하고 싶은 이야기는 있다. 블로그에 글을 올리다 보니 어느 순간부터 그래도 사람들이 내가 쓴 글을 읽어줬으면 좋겠다는 생각을 했다. 당시 블로그 평균 1일 방문자 수는 많아야 20명 정도였다. 어떻게 해야 사람들이 많이 와서 내 일기들을 읽어줄까? 사람들과 가까워지고 싶었지만 계속해서 친구를 만드는 데 실패만 했던 내가 인터넷을 통해서라도 사람들과 가까워지고 싶다는 생각을 다시 하게 됐다.

방법을 생각해보다가 사람들이 많이 볼 것 같지만 그 누구도 올릴 것 같지 않은 영화의 리뷰들을 적었다. 당시 유행하던 미국 드라마의 자막을 만들어서 올리기도 했다. 단순히 사람들과 덜 어울려도 될 것 같은 군대에 가고 싶었을 뿐인데 미군 부대에서 복무했던 것이 이런 식으로 도움이 될 줄은 몰랐다. 당시에는 많은 사람이 자막을 만들어서 올렸다. 나는 내가 만들 드라마의 자막을 누구보다도 빨리 올리고 싶어 드라마가 나오자마자 자막 없이 한 번 보고 원어로 올라오는 자막을 번역하여 올렸다. 20분짜리 짧은 드라마 한 편의 자막을 만드는 데 네다섯 시간이 걸렸다. 사람들이 내가 올린 자막을 보고 블로그에 찾아 들어오기 시작했다. 블로그의 방문자 수가 처음으로 2,000명을 넘은 날, 나는 정말 어쩌면 나도 노력이라는 것을 할 수 있고 그것이 어떤 보상을 가져다줄 수 있다는 걸 처음으로 느꼈는지도 모른다. 20대 후반의 어느 무더웠던 여름이었다.

블로그에 찾아와주던 사람들은 이 사람이 왜 미국 드라마의 자막을 만들며, 대체 뭐 하는 사람인지 궁금한 모양이었다. 다른 글들에 댓글을 남기기도 했다. 대부분은 왜 이렇게 사느냐, 미드의 자막을 만들 정도면 일자리를 구할 수도 있지 않냐, 어머니에게 효도해라 등의 글을 남겼지만, 간간이 다른 댓글을 남기는 사람들도 있었다. 글을 잘 쓴다. 재밌게 잘 읽었다.

블로그에 사람들이 많이 찾아오기 시작했음에도 나의 삶은 달라지는 것이 없었다. 매일 대체 무엇을 하며 살아가야 하는가. 살아 있어도 되는 걸까. 세상에 내가 할 수 있는 일이 있기는 한 걸까. 그런 생각들 틈으로 비집고 들어오는 과거의 기억들. 무서웠던 아버지. 매일 나를 괴롭히던 같은 반 아이들. 나는 한없이 작아지고 또 움츠러들었다. 집안 형편은 틈틈이, 그러나 꾸준하게 어려워져 갔는데 아파트에서 살던 가족이 평수를 조금씩 줄여가는 동안 종국에는 오래된 빌라로 이사 가게 됐다. 산 중턱에 있는 빌라였는데, 집을 직접 수리하겠다며 이

사 전에 같이 찾아간 아버지의 어깨는 조금 슬퍼 보였다. 어렸을 적 그렇게나 나를 때리고 무섭기만 하던 아버지의 뒷모습이 점점 작아지는 것을 보며 복잡한 마음이 들었다.

혼자 뷔페 가기 등을 올리기도 하였다. 요새야 혼밥이니 뭐니 해서 혼자서 밥을 먹고 영화를 보는 것이 이상하지 않은 모양이지만 당시에는 이런 것이 재밌게 보였는지 사람들이 댓글을 달기도 했다. 그러던 중 글 하나는 인터넷을 통해 퍼져나가며 유명세를 탔다. 바나나우유와 여자친구 등으로 알려진 글인데 목욕탕 데려가고 이발시키고 옷 사주고 하다가 헤어질 때 이제 뭐 멋있어졌으니 좋은 사람 만나라 이런 식으로 끝나는 이야기다. 누군가가 디시인사이드라는 사이트에 올렸고 그 사람이 올린 글이 유명해졌다. 나는 누구에게도 내가 쓴 글이라 말할 수 없었고 그 누구도 알아주지 못한 채로 사람들이 전부 자기의 이야기이며 직접 경험한 일이라고 말하는 것을 그저 가만 지켜볼 수밖에 없었다. 심지어는 책으로 나온 지금까지도 직접 쓴 글이 확실하냐며 물어오고는 한다. 내가 쓴 글을 사람들이 많이 읽고 또 좋아해주는 것에 대체 어떤 의미가 있는가. 나는 그저 이 모양을 가만 지켜볼 수밖에는 없었다.

이런 일들에 과연 의미가 있을까

블로그에 사람들이 많이 찾아오자 당시 유행하던 바이럴마케팅 업체 등에서 연락이 오기 시작했다. 주로 식당 같은 곳에서 공짜로 밥을 먹을 수 있게 해줄 테니 블로그에 후기를 남겨달라는 일이었다. 기본적으로 키워드 몇 개를 던져주며 제목과 내용에도 형식이 정해져 있었다. 생각해보면 이 블로그 후기들이 내가 처음으로 어떠한 대가를 받고 글을 쓴 일이 아닌가 싶다. 같이 갈 사람이 없었던 나는 블로그를 통해 같이 가줄 사람들을 구했다. 후기를 남기려면 가게나 음식의 사진도 찍어야 했는데 나는 낯을 많이 가리기 때문에 그런 일은 도무지 할 수 있을 것 같지 않았다. "식사 같이해주실 분 있으신가요? 사진만 찍어주시면 됩니다" 하고 글을 올렸다. 처음에는 아무도 댓글을 달지 않아 예전에 하던 대로 혼자 가서 밥을 먹고 후기를 올렸다. 그렇게라도 뭔가 일상이 있고 밖에서 밥을 먹을 수 있다는 사실이 즐거웠다.

그러다 몇몇 이들이 같이 밥을 먹어주겠다며 댓글을 달았고 한두 번 후기를 올리자 생각보다 이상한 사람은 아닐 거라고 생각했는지 점점 같이 가주겠다는 사람들이 늘었다. 나는 용기를 내서 사람들과 밥을 먹고 왔다. 남녀노소를 불문하고 인터넷으로만 몇 번 댓글을 주고받았을 뿐 처음 보는 이들과 밥을 먹는 일은 걱정도 많이 됐지만 꽤 즐거웠다. 생각보다 나를 싫어하거나 이상하게 보지 않았고 좋은 말들을 해주었으며 초콜릿이나 과자 등 먹을 것을 챙겨와 주는 이도 있었다. 가끔은 사인해달라는 사람도 있었는데 나는 그때 많이 웃었다. 저는 그저 집에서 아무 일도 하지 않고 블로그로 밥이나 먹으러 다니는 사람일 뿐인데요? 하고 손사래를 쳤는데도 그는 혹시 어떻게 될지 모르잖아요, 하고 웃으며 사인을 받아 갔다. 어쩌면 나도 사람들과 어울릴 수 있을지도 몰라. 생각보다 내가 이상한 사람이 아닐지도,라는 자신감을 조금 얻었으나 이는 오만이었는지도 모른다.

평소처럼 블로그로 밥을 같이 먹어줄 사람을 찾았다. 대학로에 있는 한 식당 앞에서 만나기로 약속을 잡았다. 찌개인가를 두고 같이 이야기를 나눴다. 예전까지는 공무원 시험 준비를 하다 그만두고 아버지 회사에서 일할 예정이라는 그는 나에게 공무원 시험 준비를 해보는 것은 어떻겠냐며 말을 건넸다. 가끔 사람들에게 듣기는 했지만, 방도도 모르고 공부에는 영 자신이 없어 우물쭈물하는데 그가 말을 꺼냈다. 제가 도와줄게요. 얼마 전까지만 해도 시험공부를 했었으니 책과 강의 교재들을 싸게 넘기겠다고 했다. 나는 인생에서 하나의 기회가 찾아왔다는 생각을 했다. 아버지. 어렵기만 한 아버지에게 용기를 꺼내 말을 했다. 공무원 공부를 해보고 싶어요. 오랫동안 집에서 놀기만 하고 아무 의욕도 없어 보이는 나에게 아버지는 조금 감명 같은 것을 받은 것 같았다. 어려운 살림에도 선뜻 20만 원을 건네주었고 나는 그에게 책을 보내 달라, 열심히 해보겠다는 말과 함께 아버지에게 받은 20만 원을 송금했다. 그러고도 새롭게 뭔가를 시작하기로 한 용기와 마음을 갖게 해준 것이 고마워 마음을 전하고 싶어 헌혈하면 주는 영화표를 문자로 그에게 전송했다. 감사합니다, 또 감사합니다.

택배로 책이 왔다. 정말이지 이제는 나도 수험생이다. 한다면 할 수 있다는 마음으로 박스를 열어보았을 때 나는 조금 의아한 마음이 들었다. 그가 준다는 책은 이미 3~4년 전에 나온 책이었으며 필기와 낙서가 잔뜩 되어 있었다. 다급한 마음이 들어 그에게 문자를 보냈다. 이게 대체 뭔가요? 너무 옛날 책 아닌가요? 그는 공무원 시험 교재는 연도가 크게 중요하지 않으며 낙서가 아니라 중요한 부분들을 표시해둔 필기라고 했다. 그러기에는 글씨가 보이지도 않을 정도로 더러워 나는 그에게 책을 다시 보낼 테니 돈을 돌려달라고 했다.

—돈은 다 써버렸어요. 거기 보낸 주소도 우리 집 아니에요.

내가 거듭 돈을 돌려 달라, 이건 좀 아닌 것 같다고 요구하니 그는 결국 욕을 하며 화를 냈다. 불쌍한 새끼 도와주려고 했더니 은혜도 모르고. 니가 그런 마음이니깐 아무것도 못 하는 거야.

공부하겠다며 아버지께 돈을 빌린 것을 들으신 어머니는 요새 공부 잘하고 있니? 이왕 시작한 거니 열심히 해봐 한번, 하고 말씀하셨는데 어느 순간부터는 아무 말도 하지 않으셨다. 미국 드라마의 자막을 만드는 일도 저작권 문제가 생길 수 있다는 말이 돌아 그만두었다. 나는 한동안 블로그도 하지 않고 다시 게임을 하거나 영화를 보며 매일매일 무기력한 날을 보냈다.

내가 사는 빌라는 산 중턱에 있다. 산 아랫부분부터 중턱까지는 오래된 빌라들이 늘어서 있지만, 산꼭대기에는 오히려 고급 단독주택들이 있다. 내가 언젠가 이 산의 중턱을 넘어 저 멀리만 보이는 꼭대기에 가 닿을 수 있을까? 지금은 이 언덕을 올라가는 것도 숨이 차 힘들어 계속 넘어지기만 하지만, 언젠가는, 매일의 언덕을 오르며 나는 생각했다.

이런 일들에 과연 의미가 있을까?

사람들이 내가 인터넷에 쓴 글들을 찾아와 읽고 즐거워하고 화를 내고 때로는 슬퍼하고 또 어떤 글들은 인터넷을 통해 퍼져나가고 하는 일들에는 대체 무슨 의미가 있는 걸까. 나를 궁금해하며 밥을 먹으러 오고 선물을 건네고 또 사기를 쳐서 오래된 책들을 넘기는 일에도 무슨 의미가 있을까? 정말로 나에게 어떤 재주나 재능이 있는 거라면 그것들이 어떠한 의미를 가질 수 있도록 내가 할 수 있는 일이 있을까?

① 무엇을 쓸 것인가

10년 정도 블로그를 운영하며 적어왔던 일기, 소설, 여행기 등을 모아 책으로 냈다.

버스 정류장의 종점에서는 벨을 누르지 않아도 문이 열린다. 블로그는 그 누가 벨을 누르지 않아도 저절로 마음이 열릴 수 있는, 지친 사람들의 마음의 종점 같은 공간으로 만들고 싶었다. 친구가 없어 어디에도 마음을 털어놓을 수 없던 내가 10여 년간 장난처럼 때로는 진지하게 마음을 열어놓았던 블로그에서 간간이 사람들이 책을 내보면 좋을 거 같다, 글을 재밌게 잘 쓴다는 이야기들을 해왔다. 누가 사지? 의문은 독립서점의 존재를 알게 되고 사지 않더라도 누군가 서서 한 페이지라도 들여다봐줬으면 좋겠다는 바람으로 바뀌었다.

몇 년 동안이나 집 밖으로 나가지 않은 채로 내 인생의 종점이라고 생각했던 휘경동의 반지하 방에서 블로그를 통해 사람들과 이야기를 나누기 시작하고 나서 어쩌면 이곳은 종점이 아니라 회차할 곳인지도 모른다는 생각을 했다. 여태껏 누구도 내게 마음을 열지 않았던 이유는 내가 벨을 누르지 않아서다. 이런 생각이 들자 용기가 나 벨을 누르려 손가락을 들 수 있었다. 이것이 내가 블로그의 글들을 모아《30대 백수 쓰레기의 일기》라는 책을 낸 이유다.

자신만의 이야기를 형식이나 내용에 구애받지 않을 수 있다는 것이 독립출판의 장점이다. 책을 준비하기 전 독립서점을 탐방하여 본 바로는 여행기, 사진집, 시집, 소설집, 에세이 등 다양한 분야의 책이 다양한 판형으로 존재하고 있었다. 고양이, 여행 등 특정 주제로만 책방을 운영하는 곳도 있다.

독립출판이라는 것

    아무 일도 하지 않았다고 했으나 정말 아무 일도 하지 않고 몇 년을 살아온 것은 아니다. 광활한 우주에는 정말 끝이 있을까. 남극의 빙하는 정말 계속해서 녹고만 있는 걸까. 태양의 수명이 다한 뒤에 이 지구의 생명체들은 대체 어떻게 되는 걸까. 이런 고민을 하는 틈틈이 일당을 받는 물류센터 일이나 흔히 노가다나 막노동이라 부르는 일용직 건설업에 나가 일하고는 했다. 2016년 11월의 일이었다. 그날도 새벽, 인력사무소에 나가 한남동에 있는 건설현장에서 철근을 나르는 일을 하고 있는데 블로그에 댓글이 하나 달렸다.

    —저랑 같이 책을 한번 내보실래요?

    자신을 파주에 있는 출판사의 편집자라 소개한 그는 나에게 할 말이 있다며 연락처를 물어왔다. 뭐야, 내 블로그에 있는 글을 책으로 내주려나? 세상에 그런 사람들이 정말 있을까? 하는 의심을 거두지 못한 채로 그에게 무슨 일이신가요? 하고 답장했을 때, 그는 조금 생소했지만 흥미로운 이야기를 했다.

세상에는 독립출판이라는 게 있다. 출판사를 통하지 않고도 사람들이 직접 책을 만들고 또 독립서점에서 사서 읽는다. 블로그의 글을 우연히 읽게 되었는데 이 글들로 독립출판물을 같이 만들어보고 싶다.

독립출판이 대체 뭐지? 나는 이전까지는 독립출판이나 독립서점에 대해 잘 몰랐으므로 검색을 해봤다. 정말 사람들이 독립서점을 통해 책을 만들고 또 읽고 있었다. 하겠다. 해보고 싶다고 이야기했다. 그는 블로그의 글들을 전부 읽었다며 자신이 편집을 해보고 싶다고 했다. 돈은? 먼저 걱정이 앞섰다. 그는 생각보다는 많은 돈이 들지 않지만 해보고 싶다면 준비해두는 것이 좋다고 했다. 며칠 뒤 그는 메일로 자신이 생각한 편집 방향과 인쇄소에서 뽑은 견적서를 보내주었다. 생각보다는 큰 금액이라 조금 놀랐다. 인터넷에서 독립서점을 검색해 집 근처에 있는 서점부터 하나하나 돌아다녔다. 모양도 형식에도 구애받지 않은 채 글을 쓰고 편집을 하고 표지까지 직접 만들어낸 책들. 아무것도 아는 것이 없어 두려웠지만, 왠지 나도 할 수 있을 것 같았다. 아니 해보고 싶다는 생각을 했다. 나도 할 수 있어.

나도 할 수 있다는 생각을 한 것이 대체 얼마 만이었을까? 매일 집이 있는 산 중턱까지 오르며 했던 생각들. 뭘까 대체, 이 삶에 정말 의미가 있을까. 내가 세상에서 정말 어떤 의미를 가진 채 살아갈 수 있을까. 그럴 자신이 도무지 없어 매일 부정해왔던 나의 삶과 그 삶의 의미들을 나도 조금 찾아볼 수 있지 않을까.

이왕 하기로 한 김에 모든 것을 스스로 해보기로 마음먹었다. 연락을 준 분에게는 죄송합니다만 혼자 해보고 싶다고 사과의 메시지를 보냈다. 아쉽지만 왠지 그러실 것 같았어요, 하고 그는 양해와 응원의 메시지를 보냈다. 출판사에는 글을 편집할 때 어도비에서 나온 인디자인이라는 프로그램을 주로 사용하는 것 같았으나 단기간에 이런 전문적인 프로그램을 배우기에는 다소 무리라고 생각해 한글 2014를 통해 편집하기로 했다. 표지를 어떻게 만들어야 할까. 내가 과연 내 힘으로 한 권의 책을 만들어낼 수 있을까. 나 같은 사람이 만든 걸 과연 정말로 책이라고 불러도 될까? 책은 대학을, 그것도 국문과나 문창과를 전공하고 신춘문예에 당선되거나 문예지 공모전에 등단한 사람들이나 사회의 저명인사들같이 삶에서 어떤 원대한 이상과 목표를 달성해낸 이들이 그들의 고매한 정신을 많은 사람에게 널리 알리기 위하여 적어내는 것이 아닐까? 일도 안 하고 집에서 놀기만 하면서 남들보다 부족한 나의 일상을 기록하는 것은 어쩌면 책에 대한 일종의 모독은 아닐까? 나는 불안했다.

30대 백수 쓰레기의 일기

　책을 만드는 기술적인 부분에 대한 지식이 전무한 것도 문제였다. 이후에 안 사실이지만 몇몇 독립서점에서는 독립출판 클래스를 운영하여 일정 금액의 수강료를 받고 책을 만드는 과정을 함께 배워나가는 수업을 진행한다. 하지만 설령 그 당시에 그러한 클래스를 알았더라도 금전적인 이유로 듣기는 어려웠을 것이다. 그래서 그냥 무작정 인터넷으로 검색하거나 교보문고나 영풍문고를 찾아가던가 독립서점을 찾아가며 사람들은 대체 표지를 어떻게 만들었는지 알아보러 다녔다. 인터넷에 두서없이 올렸던 글들이라 나름대로 책의 형태에 맞추어 문장을 수정하기도 했다. 책 내지에 여백이 있어야 한다는 건 알겠는데 도무지 얼마나 여백을 줘야 할지 몰라 집에 있는 책 중에 가장 좋아하는 책 한 권을 뽑아 30cm 자로 내지의 여백과 책의 사이즈를 재서 그대로 하기로 했다. 과연 읽을까? 이런 글들을 책으로 만든다고 누가 사서 읽을까? 불안한 마음을 애써 가라앉히며 내가 썼던 글들을 다시 읽어보고 또 분류를 나눴다. 34세 백수 쓰레기의 일기, 35세 백수 쓰레기의 일기, 조촐한 노동의 이력 등으로 카테고리를 나누었다. 내가 살아왔던 나의 삶들이, 누구도 들여다보지 않을 것 같던 빈곤한 나의 이력들이 문장과 문단의 형태로 페이지에 하나씩 실릴 때마다, 나는 두려움이 섞인 묘한 즐거움을 느꼈다. 제목을 지어야 했기에 몇 가지를 생각해 봤지만 역시 이것밖에는 없었다.

30대 백수 쓰레기의 일기.

아무리 나라도 하고 싶은 말은 있다

  그림을 전공하거나 디자인을 배워본 적이 없어 표지를 만
드는 일도 곤욕이었다. 일단은 컴퓨터로 그려야 인쇄가 깔끔
하게 되지 않을까 싶어 윈도 그림판을 켜놓고 마우스로 이런
저런 그림들을 그려보았다. 꽃을 좋아하니 꽃이 들어간 그림
을 넣고도 싶었고, 어린아이가 태양 앞에 기도하는 그림을 그
려보고도 싶었다. 어떤 그림을 그려야 할까 계속 생각하다 방
문 틈 사이로 눈 하나만 빼꼼 나와 세상 밖을 지켜보는 그림을
그려보았다. 선 두 개를 그리고 아랫부분을 왼쪽으로 휘어 그
림자를 표현한 뒤 그 사이로 눈을 그렸다. 처음에는 흰 바탕에
검은 틈 사이로 지켜보는 눈을 그렸는데 아무래도 조금 더 강
렬한 느낌을 주고 싶어 검은 틈 사이로 한 줄기 빛이 새어 나오
는 것으로 색을 반전시켰다. 마우스로 그림을 그리니 아무래
도 선이 삐뚤빼뚤하고 예쁘게 나오지 않았다.

블로그에 독립출판물을 만들고 있다, 그림을 그릴 줄 몰라 도움이 필요하다고 글을 올리자 도와주고 싶다며 누군가가 댓글을 달았다. 이런 이런 느낌으로 그리고 싶다고 말하자 그가 깔끔하게 그려진 표지를 보내줬다. 한참을 고민하다 직접 해보고 싶어 그에게 사과한 뒤 문구점에서 검은 도화지와 흰 아크릴 물감을 사 붓으로 그리고 글씨를 썼다. 직접 그린 그림을 스캔해 윈도 그림판으로 수정할 부분을 덧칠했다.

새벽에는 일어나 인력사무소에 나가 쇠파이프를 날랐지만, 집으로 돌아가면 뭔가 할 일이 있다는 생각, 매일의 노동이 그저 노동으로 끝나지는 않을 거라는 생각. 어쩌면 이런 생각들이 사람을 움직이게 하는지도 모른다는 생각을 했다. 무엇을 해야 할지 몰라 그저 방바닥에서 너무나도 오랜 시간을 가만히 웅크려 지낸 이후에.

유명한 한 문학 평론가가 이런 말을 했다고 한다. "우리나라에서 등단은 국문과나 문창과를 나온 사람이 아니면 불가능할 것." 그래 어쩌면 그럴지도 모르지. 근데 정말 등단만이 정답일까? 나도. 아무리 나라도 하고 싶은 말은 있다. 그저 낯을 많이 가리고 사람들과 어울리지 못한 채로 지내왔을지라도. 사람들이 넌 왜 그렇게 말이 없니? 하고 물어보는 게 익숙한 삶일지라도. 그저 구차한 삶에 대한 변명이나 변변치 않은 일상의 기록일 뿐이라도. 공사 현장에서 어깨에 멘 쇳덩이의 무게에 눌려 욱신거리는 무릎이나 팔꿈치의 통증이 아무리 다른 사람들에게 무의미한 것일지라도. 나라는 개인에게는 삶에 있어 거대한 하나의 시련이며 매일매일 이겨내야 하는 고통이다. 어떠한 사회적인 자격을 취득하거나 일정한 위치에 도달하지 않았다고 해서 그 안에 있는 마음들을 전달할 자격이나 말을 할 위치에도 있지 않은 걸까. 삶에서 몇 번 가져보지 못한 어떠한 오기와 오만 같은 감정이 차올라왔다.

② 판형과 폰트에 대하여

출판사를 통해 나오는 기성책의 사이즈는 보통 신국판(152X224), 국판(148X210)이 주로 사용된다. 그 외에는 46판(128X188), 국반판(105X148) 등이 시집 등에 사용되기도 한다. 기성책들은 대부분 사이즈가 규격화되어 있는데 독립출판물이 꼭 이러한 규격을 따를 필요가 있나 싶다. 독립출판물들은 각자의 이야기를 담은 그 내용만큼이나 자유롭고 다양한 규격으로 제작되고 있다. 사이즈를 정할 때 한 가지 더 고려했던 점이 있다. 책이 무겁거나 크면 가지고 다니기 불편하다는 의견이 있어 여자분들이 많이 사실 줄 알고 책을 작게 만들었는데 정작 내 책의 주 구매층은 남자들이었다. 판형이 커질수록 인쇄비가 늘어나지만 적게는 100부 많게는 1,000부까지인 소량출판에서 비용은 큰 차이가 없다.

폰트는 아이폰과 갤럭시, 갤럭시와 아이폰처럼 한국 출판계에서는 두 회사의 폰트가 대표적으로 사용된다.

산돌 커뮤니케이션sandoll.co.kr과 윤디자인yoondesign.com의 폰트인데 책으로 출력을 했을 때, 보다 깔끔하고 가독성 좋은 글씨체를 사용할 수 있다. 폰트를 직접 구매하면 수십만 원대의 비용을 내야 하지만 산돌 폰트는 월정액 9,900원이라는 가격으로 한 달 내에 출판하는 모든 출판물에 사용할 수 있다. 백수에게는 다소 부담되는 금액이 아닐 수 없었으나 태어나서 처음 만드는 책인데 이왕이면 깔끔한 폰트를 사용해서 만들어보자 하는 생각에 《30대 백수 쓰레기의 일기》는 산돌 폰트를 이용했다.

문화체육관광부와 한국출판인협회에서 무료로 제작, 배포하는 KoPub 폰트를 사용해도 좋다. 무료 폰트를 검색하여 사용해도 좋으나 사용 범위를 꼼꼼히 읽어보아야 한다.

80, 미색, 모조지

책의 편집을 얼추 마치고 을지로 3가와 4가 사이에 있는 인쇄소 골목에 찾아갔다. 인쇄소 단지는 파주의 출판단지와 을지로가 가장 크고 유명하다는데 버스로 갈 수 있는 을지로 쪽으로 마음을 정했다. 몇몇 인쇄소를 돌아다니며 제가 이런 거를 만들려고 하는데요, 하고 책의 사이즈와 페이지 수를 말해 가격이 어느 정도 나올지를 물었다. 표지에 들어가는 색의 종류에 따라 1도, 2도와 4도 등으로 분류되며 비용에도 차이가 있다는 사실은 그때 처음 알았다. 당연하게도 적은 수의 색을 사용할수록 가격이 저렴해지는데 그림을 잘 그리지 못해 단순히 흑백으로만 그려 간 것이 다행이라는 생각을 했다.

내지는 일반 소설, 시, 에세이 같은 경우 80그램 미색 모조지를 사용한다. 종이의 두께에 따라 80그램, 100그램, 120그램 등으로 두꺼워질수록 숫자가 높아지고 만화나 그림책, 사진집을 만들고 싶은 경우에는 두꺼운 종이를 사용해야 뒷장에 그림이 비치지 않는다고 했다. 나는 그냥 내 일기를 만들 거였기 때문에 모조지를 사용했다. 종이의 색상도 미색과 흰색 중에서 정해야 했다. 약간 누런 느낌을 주는 미색의 종이가 흰색보다 빛이 덜 반사되어 눈의 피로감이 덜 하다고 하여 미색으로 정했다.

  80, 미색, 모조지.

  내 삶의 이력을 이렇다 한 이름들로 채워보지 못하였으나 내가 만들 책의 옷을 하나하나 입혀주는 일들이 즐거웠으며, 왠지 이러한 이름이 주는 느낌이 좋았다. 80, 미색, 모조지. 30대, 백수, 쓰레기라는 이름만 가져왔던 나에게는 너무나도 좋은 느낌이었다. 책 표지 안쪽에도 색지로 면지를 한 장 더 넣을 수 있었는데 소량 인쇄에서는 1만 원 정도면 된다고 해 넣기로 했다. 인쇄에 드는 비용은 200권에 45만 원, 300권에 52만 원, 400권에 60만 원 정도였다. 독립출판을 알아보며 함께 생각해본 자비출판의 비용보다는 훨씬 저렴했다. 자비출판의 경우는 100부에 100만 원 정도로 비용이 책정되어 있었다. 대신 원고를 주면 편집, 표지 디자인 등의 전반적인 제작을 모두 대신해주고 교보문고, 영풍문고 등 대형서점과 인터넷 서점의 유통까지 도와준다는 이점이 있다. 그러나 독립출판물을 유통하는 서점들이 전국에서 하나의 시장을 형성하고 있고 또 그 안에서 사람들이 활발하게 움직이고 있다는 점에서 나는 독립출판이 충분한 메리트를 가지고 있다고 생각했다.

그림책이나 사진집처럼 고급 종이를 사용하면 가격 차이가 조금 더 있겠지만 일반적으로 에세이를 만들 경우 40~50만 원 정도의 고정비용에 100부가 추가될 때마다 7만 원 정도 가변 비용이 추가되는 구조였다. 처음에는 200부를 제작할 생각으로 찾아갔는데 인쇄소에서 이러한 설명을 듣자 조금 욕심이 생겼다. 고민을 하다 400부를 뽑기로 했다. 다 못 팔면 말지 뭐. 어차피 인생에서 실패하는 일이 이번 처음도 아닌데. 200부에서 300부, 아니에요. 그냥 400부로 할게요. 점점 욕심을 내는 내가 재밌었는지 사장님은 웃으며 말하셨다. 그래요, 얼마 차이 나지도 않는데.

책의 가격은 독립서점을 돌아다녀 봤을 때 대략 6,000원에서 1만 5,000원으로 형성되어 있었다. 가끔 독립출판 마켓을 나갈 때면 유명한 작가의 책들도 1만 원이면 사는데 왜 이렇게 비싸냐는 이야기를 듣기도 한다. 소량 인쇄하여 유통하는 독립출판의 희소성이 묻어 있는 가격이지 않을까 싶다. 누가 이런 글들을 책으로 내겠어? 하는 기발하고 또 독특한 개성이 드러나는 책들이 한정판으로 출시된다. 고민하다 1만 5,000원으로 책 가격을 정했다. 나중에 들어보니 보통 서점에서 떼는 30퍼센트의 정산 수수료를 제작비의 원가가 되도록 책정한다고 한다.

③ 제작비에 대하여

자비출판 vs 독립출판

자비출판으로 인터넷에서 검색해보면 업체마다 조금씩 상이하지만, 최소 50부부터 제작 가능하며 100부는 100만 원, 200부는 120만 원, 300부에 150만 원 정도로 책정되어 있다. 이는 출판사에서 제작, 편집, 홍보, 유통까지 도맡아서 해주는 비용이다. 콘텐츠만 준비하면 모든 것을 알아서 해주기 때문에 편리하다. 전자책으로 만들어주거나 대형서점에 입고시켜주기도 한다. 인세는 출판사마다 다르지만 보통 45~50퍼센트 선이다. 그야말로 대량으로 출간하여 많이 팔 자신이 있거나 경제적으로 여유가 있어 책을 내는 금액이 부담되지 않을 이들이 아니라면 긍정적이지 못한 방식이라고 생각했다.

이때 독립서점을 알게 되었다. 12년 전 다섯 개 정도였던 독립서점은 《30대 백수 쓰레기의 일기》를 쓸 시기에 200개 정도였다. 2020년 현재는 650개까지 가파르게 늘어나고 있다고 한다. 시장이 있고 소비자가 있으니 공급자만 있으면 된다. 을지로에 있는 인쇄소 거리에 찾아가 비용을 문의했다. 당시에는 128X188 판형으로 제작하면 200부에 46만 원, 300부에 52만 원 정도였다. 고정비용을 제외하면 100부씩 추가될 때의 변동비가 크지 않은 셈이었다. 출판사를 통해 자비출판하는 것보다 훨씬 저렴한 가격이었다. 전국에 있는 독립서점들도 시장으로 충분하다는 판단이 섰다. 입고는 보통 다섯 권에 샘플 도서 한 권을 요구한다. 200개의 서점에서 내가 연락을 취할 수 있는 100여 곳의 서점 중 절반에서만 내 책을 받아줘도 300권 이상이 필요했다. 일단은 만들자. 팔리고 팔리지 않고는 나중의 일이다.

인쇄 전 한 권을 샘플로 뽑아본 뒤 오타 및 수정할 부분을 수정해서 출판하는 것이 중요하다. 샘플 비용은 1만 원이었다. 아무래도 처음 책을 만들다 보면 생각지 못한 부분의 오류나 실수가 걱정되기 마련인데 이를 찾아내기 위해서는 가치 있는 투자다.

비용은 공사장에서 하루 일당 11만 원 정도 받고 며칠을 일해 충당했다. 200부 인쇄로 45만 원 정도의 예산을 계획하고 5일간 아파트 건설현장에서 쇠파이프를 나르며 50만 원을 모았다. 어깨, 허리 아프지 않은 곳이 없었지만, 집에 와서 지쳐서 감기는 눈으로 모니터를 들여다보며 편집을 하면서도 내 책이 나온다는 생각에 힘들지 않았다. 그렇게 돈을 모아 막상 인쇄소에 가서 견적을 물어보니 표지의 흑백과 컬러 여부나 코팅, 속지 등의 사유로 생각보다 견적이 많이 올랐다. 허탈한 발걸음을 다시 공사장으로 돌려 예산을 더 마련할 수밖에 없었다. 밥값이나 차비 등 사람이라면 당연히 신경 써야 할 부분을 계산하지 않은 것이 실수였다. 여태껏 내가 사람이 아니라는 생각을 하며 살아왔기 때문에.

다른 방식으로는 텀블벅이라는 사이트에서 크라우드펀딩으로 충당할 수도 있다. 괜찮은 프로젝트에는 생각보다 모금이 잘 이루어지는 편

이다. 나는 누가 이런 책에 후원해줄 것인가 하는 생각으로 일을 해 제
작비를 마련했지만, 자신 있는 출판계획이 있는데 비용이 문제라면 이
용해봐도 좋을 것이다. 모금액이 정해진 시간 안에 모이면 프로젝트가
진행되고 후원한 사람들에게는 소정의 선물을 증정하는 방식이다.

텀블벅 사이트 tumblbug.com

그렇게 나의 책이 왔다

인쇄에는 보통 1일에서 3일 정도가 소요되며 배송은 오토바이나 다마스 같은 소형 트럭으로 해주는데 인쇄소에서 집까지는 버스로 한 시간 조금 덜 걸리는 거리로 배달료는 3만 원을 기사님에게 드리면 된다고 했다. 한글 프로그램으로 편집한 파일을 인쇄소에서 요구한 규격인 PDF로 저장하고 열어보자 저장할 때 한 글자씩 밀리거나 글자가 깨진 부분이 있어 다시 확인했다. 배움이 짧아 교정 교열을 보는 일도 어려운 일이었는데 여러 번 반복해서 보며 틀린 부분이 없나 확인하거나 네이버 맞춤법 검사기나 부산대학교에서 만든 맞춤법 검사기를 이용해서 돌려보았다. 어느 독립출판물 제작자는 책을 만들 때 국어대사전을 옆에다 놓고 처음부터 끝까지 틀린 곳이 없는지 여러 번 확인해보았다고 한다. 한 권의 책을 만드는 데에는 역시 이 정도의 노력이 필요한 거였구나. 나는 이 이야기를 듣고 조금 부끄러웠다.

내지, 표지(앞), 표지(뒤), 세 개의 파일을 인쇄소에서 준 명함에 적힌 웹하드 주소에 접속하여 업로드한 뒤 사장님에게 전화를 걸었다. 파일 올렸어요, 잘 부탁드립니다. 이제 정말이지 몇 밤만 자고 나면 내가 만든 첫 책이 나에게로 온다. 두근거렸다. 두 시간 정도 흐른 뒤 인쇄소에서 다시 전화가 왔다. 뭐지? 3일 정도 걸린다고 했는데 이렇게 빨리 나오나? 우리나라 기술력이 정말 이 정도까지 발전했나? 하고 의아해하며 전화를 받았다. 문제가 되는 부분을 수정해달라는 연락이었다. 그럼 그렇지. 그때 수정했던 사항들로는 이런 것이 있다. 한 페이지에 가득 사진이나 그림을 넣을 경우, 종이 사이즈를 위아래, 옆으로 6mm 정도 크게 만들어 꽉 차게 넣어야 재단 과정에서 조금 밀리더라도 사진이 잘리지 않고 들어간다는 것이나 몇 페이지에 글자가 깨진 부분이 있다는 등이었다. 정말 감사하게도 여러 번 인쇄소에서 확인하고 전화해주셨고, 그때마다 수정해서 다시 업로드했다.

　─이제 된 거 같아요, 이제 인쇄 들어가고 책 나오면 연락드릴게요!

이때 마음에 이상한 울림 같은 것이 찾아왔는데 내가 만들고자 하는 무언가를 처음으로 책이라고 불러주었기 때문이다. 네, 책 나오면 연락 주세요! 하고 당당하게 보내려다가 왠지 부끄러워져 감사합니다, 잘 부탁드립니다, 하는 답장만 보내고 말았다.

3일 뒤 인쇄소에서 연락이 왔다. 책이 나왔으니 입금 후 주소를 알려주면 소형 트럭으로 보내주겠다고 했다. 모아둔 전 재산에 가까운 돈을 입금하고 책이 언제쯤 올까 발을 동동 구르며 기다렸다. 지도 어플을 켜서 인쇄소에서 집까지의 거리도 재보며 시간 계산도 해봤다. 반지하 방에서 창문 밖으로 차 소리가 날 때마다 혹시 책이 온 것은 아닌가 내다보기도 했다. 그렇게 기다리던 중 전화가 왔다. 집 근처에 도착했는데 산 중턱이라 찾기 어려워 정확한 주소를 알려달라는 전화였다. 그렇게 네 개의 작은 박스에 담긴 400권의 나의 책이 집으로 왔다.

《30대 백수
쓰레기의 일기》, 2017

④ 본문을 편집하는 일

편집 프로그램은 인디자인이 유명하다. 워드프로그램인 한글이나 MS워드를 사용해도 무관하다. 인쇄소에는 표지와 내지를 PDF 파일로 보내야 하는데 두 프로그램 모두 PDF 저장을 지원한다. PDF 저장 시에 사진이나 글자에 오류가 생길 수 있음으로 변환한 뒤 반드시 꼼꼼하게 확인해야 한다.

《30대 백수 쓰레기의 일기》는 한글 2014를 이용하여 만들어졌다. 편집 용지(F7)에서 용지 규격을 정하고 용지 방향은 세로, 제본은 맞쪽을 선택한다. 여백은 길이의 10퍼센트 정도(가로 128mm의 경우 왼쪽 여백과 오른쪽 여백의 합은 12.8mm) 위 여백보다 아래 여백이 넓은 것이 읽는 데 편안함을 준다. 안쪽 여백은 페이지가 많아질수록 넉넉히 주는 것이 좋다.

편집 용지에서 맞쪽을 선택하면 편집 화면에 두 페이지가 한 번에 보이게 되는데 책에서는 오른쪽이 첫 페이지이기 때문에 왼쪽 첫 페이지를 비워두고 오른쪽부터 작성하기 시작하면 워드 프로그램으로도 인디자인처럼 화면에 나오는 그대로 책을 만들 수 있다.

서식 > 스타일(F6) 메뉴에서 바탕글, 본문, 머리말, 각주 등의 글꼴, 크기 등을 단축키로 지정해 사용할 수 있다. Ctrl+숫자를 누르면 정해진 스타일로 글꼴과 크기 등이 바뀌어 편리하다. 글자 크기는 아무리 작아도 8~9포인트 정도면 가독에 무리가 없다. 자간, 장평 등은 기본 설정을 이용해도 좋고 원하는 대로 바꿔가며 출력해 가독성 좋은 나만의 사양을 찾아도 좋다.

해마다 연초에 출간되는《열린책들 편집 매뉴얼》을 참고해도 좋다. 열린책들 출판사에서 출판되는 책들의 규격이나 글자 크기, 여백, 자간, 장평 등 책을 만드는 데 필요한 세세한 정보들을 전문가들이 알려 준다.

본문을 완성하면 PDF로 저장한다. 어크로뱃 리더acrobat reader

나 무료 PDF 편집 프로그램을 이용하여 글자가 깨진 곳은 없는지 사진이 밀린 것은 없는지 천천히 다시 확인한다.

●

책 페이지에 꽉 차게 사진이나 그림을 넣을 경우 그림 사이즈를 책 사이즈보다 상하좌우 3mm 정도 더 크게 만들어야 한다. 128X188 판형의 경우 134X194 사이즈로 만들어야 재단 시에 그림이나 사진이 여백 없이 꽉 차게 들어간다. 페이지 가득 사진이나 그림을 넣지 않는다면 정사이즈로 만들어도 좋다.

이 책들이 다 팔리는 데
얼마만큼의 시간이 걸릴까

이 책들이 다 팔리는 데는 얼마만큼의 시간이 걸릴까? 사람들이 한번 들여다보기는 할까? 아무도 관심을 가지지 않았던 나의 삶처럼 내가 만든 이 책들도 누구에게도 다가가지 못하는 건 아닐까? 나는 불안했지만 내가 쓴 글이 한 권의 책으로 만들어졌다는 점에서 살며 몇 번 느껴보지 못한 엄청난 희열을 느꼈다. 인터넷으로 독립서점을 검색하여 이메일 주소를 알아냈다. 몇몇 서점은 고유의 양식을 필요로 하는 곳도 있었지만, 대부분은 메일로 입고 문의를 받았다. 나는 메모장에 적어둔 이메일 주소들을 확인하여 입점 제안서를 보냈다.

입점 제안서

제 목: 30대 백수 쓰레기의 일기

사이즈: 128mm X 188mm

페이지: 252페이지

내 용: 일기, 시, 소설, 수필, 여행기

가 격: 1만 5,000원

안녕하세요. 이번에 소규모로 책을 독립출판하게 되어서 입점 문의를 드리고자 이렇게 메일을 보내게 되었습니다.

blog.naver.com/pololop

블로그를 10년 가까이 운영하면서 적어두었던 일기와 시와 소설 등을 모아서 책으로 펴내게 되었습니다.

책의 내용은 대부분 어렸을 적 당했던 가정으로부터의 학대에 가까웠던 훈육, 따돌림과 괴롭힘을 당했던 학창시절을 겪고 사회에 적응하지 못한 채 살아가고 있는 30대 백수인 한 남자가 살아가면서 느꼈던 감정들, 부모님에게 느끼는 죄책감과 원망, 백수를 벗어나고자 하는 노력, 혼자 하는 취미들을 블랙 코미디의 형식으로 적어보았습니다.

앞서 말씀드렸듯이 개인 블로그에 10년 정도 적어나갔던 글들을 책으로 펴냈습니다. 책에는 블로그에 그동안 수록되지 않은 사진들과 미발표 소설과 짧은 글 몇 개를 더 수록하였습니다.

몇 년 사이 방문자가 꽤 늘어서 하루 평균 1,000명 이상이 찾아오시고는 합니다. 사람들의 공감과 웃음과 감동을 자아내는 묘한 매력이 30대 백수 쓰레기라 자칭하는 김봉철과 그의 일상이 적혀 있는 이 책에 있다고 생각합니다.

처음으로 만든 책이라 부족한 부분이 많습니다. 전문가의 도움을 받지 않고 혼자 이것저것 해보느라 실수도 많고 책으로 불리기에 부끄러운 부분도 있습니다만, 이 책을 읽고 즐거워하실 분들이 반드시 있을 거라고 생각합니다.

부디 서점에서 이 책을 만나게 될 기회를 주시길 바랍니다. 감사합니다.

발 행 인 : 김봉철

전화번호 : XXX-XXXX-XXXX

이 메 일 : pololop@naver.com

책의 표지와 내지의 사진을 몇 장 핸드폰 카메라로 찍어 첨부했다. 책의 크기와 페이지 수, 제목, 장르, 가격을 적고 소개를 적었다. 일정한 형식이 정해져 있는 것 같지는 않았다. 내가 서점 사장님이라면 무엇이 궁금할지 생각하며 적었다. 답장이 올까? 책을 받아줄까? 막상 무작정 메일을 보냈지만, 확신은 없었다.

20여 곳의 독립서점에 메일을 보냈다. 다섯 곳 정도의 서점에서 책을 받아주겠다는 답장이 왔다. 다른 곳들은 답장이 없거나 이런저런 사유로 거절의 의사를 밝혀왔다. 그 이유는 다음과 같았다. 서점의 성격과 맞지 않는다. 서점의 공간이 협소하여 지금은 가려서 책을 받고 있다. 답장이 아예 오지 않는 곳도 있었다.

어쩌면 나의 일생을 괴롭혀온 말들인지도 모른다. 너는 성격이 너무 어두워, 왜 그렇게 말이 없니? 나도 예전에는 너처럼 내성적이었는데 사람들이랑 어울리려고 노력해서 바뀌었어. 너는 이상해. 너는 우리와 어울리지 않아. 말을 걸어도 무시하거나 대답하기조차 껄끄러워하던 사람들. 사람들이 나에 대해 거리를 두려 하고 이상한 사람이라고 보는 것은 이미 너무나도 익숙해져 일상에 가까운 일이지만, 내가 만든 책까지 이런 취급을 당한다는 생각은 견디기 조금 어려운 일이었다.

좁은 방 한편에 쌓여 있는 책을 바라보며 말을 건넸다. 나도 예전엔 너처럼 성격이 내성적이고 사람들한테 말도 잘 못 걸었는데 지금도 그래. 그래도 너는 할 수 있었으면 좋겠어.

독립출판계의 괴물 신인, 김봉철

일주일 정도를 답장을 기다리며 전전긍긍하다가 방법을 찾기로 했다. 어려서부터 극도로 소심하고 내성적인 탓에 입점 제안서를 보내기도 부끄러워 수많은 독립서점 중 20여 곳에만 간신히 보낸 것이 문제였을지도 모른다. 나는 다시 검색창을 열어 독립서점을 검색하고 이번엔 조금 더 용기를 내보기로 했다. 박스에 담긴 채로 책들이 나와 같이, 아니 나처럼 이 반지하 골방에서 썩어갈 수는 없었다. 다시 용기를 내어 50여 곳의 독립서점에 입점 제안서를 더 보냈다.

심기를 일전하여 SNS 계정을 만들기로 했다. 독립 채널의 홍보는 아무래도 SNS를 통해서 이루어지고 있었다. 혼자 하는 일에 익숙하다고 하더라도 친구가 없으면 할 수 없는 일들이 있다. 개인적인 일기를 올리던 블로그를 제외하고는 SNS는 시작할 생각도 하지 않고 있었으나 책을 알리기 위해서는 필요해 보였다. 페이스북과 인스타그램을 들여보다가 페이스북은 어떻게 해야 하는 건지 도저히 모르겠어서 인스타그램 계정을 만들었다. 21세기 보부상, 보따리장수, 괴나리봇짐 등의 표현을 쓰며 게시물을 올렸다. 새롭게 메일을 보낸 뒤 입고를 받아주겠다는 서점의 답장이 오기 시작했다. 나는 그 서점들을 팔로우하고 서점에서 올린 포스팅을 따라 올렸다. 홍보하는 일도 큰 걱정거리였는데, 입점 제안서를 첨부한 메일을 보낼 때 나를 독립출판계의 루키, 떠오르는 별, 괴물 신인 등으로 소개했고 이를 재밌게 본 몇몇 서점에서는 내 책에 대한 소개를 올릴 때 이런 글들을 가져다가 사용하고는 했다.

조금씩 책이 알려지기 시작하자 처음에는 읽고도 답장을 보내지 않았던 서점이나 거절의 의사를 밝혀왔던 서점들도 답장을 보내오기 시작했다. 서울 근교에 있는 서점들은 가방에 책을 담아 버스나 지하철을 타고 찾아갔다. 책을 입고하기는 했어도 책방에서 팔릴 거라는 생각은 감히 하지 못했다. 가격과 내용 면에서 경쟁력이 없다고 생각했다. 나는 집 근처에 있는 한 서점에 직접 책을 입고하러 갔다. 버스를 타고 지하철을 갈아타서 30분 정도 걸리는 곳이었다.

이걸로 됐다, 하는 마음

처음 책을 만들었을 때는 누군가가 책방에 서서 잠시나마 책을 몇 장이라도 들여다보기만 해도 기분이 좋을 것 같았다. 책을 받아주는 서점이 있으면 몰래 찾아가서 구경하는 체하며 들어오는 손님들이 내 책을 읽나 안 읽나 몰래 지켜볼 계획도 세웠다. 독립책방에서 팔릴 거라고는 생각하지 못했다. 팔렸으면 좋겠다는 마음이 가득했으나 차라리 팔리지 않을 거야, 나라도 이런 것은 사지 않을 거야 하고 생각하는 게 정신건강에 좋다. 정신이 건강해야 육체가 건강해지는 법이다. 이 건강함을 지키기 위해 나는 수많은 방어기제를 비관이라는 이름으로 살면서 쌓아 올려놨고 이를 뚫기란 쉽지 않다. 살고 싶어 만들어낸 방어기제들에 오히려 살아가는 게 어려워지기만 하니 무슨 아이러니인지는 모르겠다.

책방에선 이런저런 이야기를 나눴다. 차를 주셔서 마셨다.

제목이 세네요, 나온 지 얼마 되지 않았습니다, 등의 이야기를 했다. 내용은 잘 기억나질 않는다. 많이 긴장했으며 낯선 곳에 대한 불안이 있었고 또 사람과 대화를 잘 하지 않는 편이다. 아마도 나는 여러 번의 사과를 했을 것이고 그는 당황해하거나 불편해했을 것이다. 이것이 거의 모든 사람과의 대화에서 거의 모든 사람과 겪는 일이다. 무슨 말을 어떻게 했는지는 고민할 필요가 없다. 나는 사과를 했을 것이고 사람들은 불편해하거나 당황해했을 것이다. 책이 팔릴까, 이런 것을 책이라고 불러도 될까 하는 고민과 불안이 있었다. 책을 입점시킨 바로 다음 날 블로그에 댓글이 하나 달렸다.

 ─책을 사서 읽고 감동했습니다. 오랜만에 진정성이 담긴 책을 읽었습니다. 책을 내주셔서 감사합니다.

 이걸로 됐다, 하는 마음이 들었다. 첫 입고를 하고 거짓말처럼 바로 다음 날 블로그에 달린 댓글을 보고 한 생각이었다. 이걸로 됐다. 어떤 엄청난 성공이나 성취를 예감하는 단초를 느낀 순간의 감탄 같은 것은 아니었다. 오히려 앞으로 이 책이 단 한 권도 팔리지 않고 누구에게도 읽히지 않으며 또 세상에 나왔다는 것조차도 모르게 잊힌다고 해도, 나는 이날 이 한 문장의 댓글이 달린 것으로 한 권의 책을 만들어내길 잘한 것 같다고 생각했다.

2부

이러한 일들에 정말 의미가 있을까

이후로는 조금 바쁘게 살았다. 바쁘다고 해서 내 또래의 다른 사람들처럼 정말로 바쁘게 산 것은 아니다. 하염없이 백수로만 지내다가 조금 움직일 일이 생겼다 싶은 정도이지만 나름대로 바쁜 일상이었다. 입점 제안서에 답장이 오기 시작했고 나는 책을 포장하여 편의점을 이용해 택배를 보내기 시작했다. 매일 라면이나 과자를 사러 오던, 누가 봐도 백수인 것처럼 보이는 더벅머리의 남자가 어느 날 갑자기 가방에 가득 포장된 책들을 가지고 가자 편의점 아르바이트생도 당황했을 것이다. 서울 근교는 가방 가득 책을 담은 채로 버스와 지하철을 타고 직접 입고시키기로 했다. 지하철 역사 한편에 놓인 거울에 비친 내 모습을 보자 보따리장수 같다는 생각을 하고는 조금 웃었다. 책의 입고를 받아주는 모든 서점이 고마웠다.

어느 날에는 가방에 20권씩 책을 담아 나가기도 했다. 책은 무거웠다. 원체 몸이 약하고 체력이 부족하여 땀을 삘삘 흘렸다. 독립서점은 보통 저렴한 임대료를 위해 신촌, 이대 등 번화가에 위치한 것 같아도 골목골목 틈새에 숨어 있는 경우가 많다. 지도 어플을 보고 골목을 걷고 또 걸으며 책방들을 찾아갔다. 21세기 보부상이라며 자조를 보였지만 마음속에는 이러한 일들에 정말 의미가 있을까, 하는 불안이 가득했다. 언젠가는, 지금 이렇게 가방에 책을 넣고 돌아다니는 일이나 골목골목을 헤매며 책방을 찾아다니는 일도 소중한 추억이 될까. 지금 하고 있는 일들이 모두 쓸모없는 일이 되어버리는 것은 아닐까. 간신히 입가에 웃음을 보이며 안녕하세요, 서점에 들어서며 인사를 건넸다.

한 서점에 도착했다. 주인이 늦는다고 하여 가방 가득 책을 들고 책방 앞에서 기다렸다. 해가 진 골목은 이미 어둑어둑해져 있었다. 나는 아무 말도 하지 않은 채 묵묵히 그를 기다렸다. 어디 커피숍에라도 들어가 있을까 생각하다가 이내 마음을 고쳐먹었다. 그저 가로등 불빛이 비치는 거리를 바라보았다. 책방을 다시 돌아보았을 때 문이 열려 있었다. 책방 주인이 언제 책방에 들어갔는지 언제 문을 열고 불을 켰는지 보지 못했다. 요정인가? 책방은 그렇게, 언제부터였는지 어디서부터였는지도 모르게 그 자리에 불을 켜고 문을 열어놓은 듯했다. 요정이면 조심해야지, 아니다 일단 소원 같은 것을 빌어봐야 하나? 요정은 근데 착한 사람만 소원을 들어주는 건 아닌가? 아 그럼 난 아무래도 안 될 것 같은데, 하는 생각을 하며 책방 안에 들어가 책을 입고시키러 왔다고 말하며, 주인에게 서점 분위기가 마음에 든다고 말을 건넸다. 몇 년 동안 정성 들여 직접 꾸민 곳이라고 했다. 독립책방은 대부분 주인이 직접 인테리어를 하는 곳이 많은데, 곳곳에 그의 향취 같은 것이 묻어 있었다.

책방은 지하철에서 걸어서 15분, 숨을 꼭 참고 전력으로 달리면 5분 정도 거리에 있었다. 숨을 꼭 참고 얼마간을 달려야 내 책이 사람들의 마음속에 닿을 수 있을까, 하는 생각을 하다 책은 이제 다가가는 것이 아니라 사람들이 다가와 줘야 하는 것이 되어버렸구나, 생각했다. 인터넷에서 쉽게 읽던 글들을 이제 책방에 입점시켰으니 글을 읽는 것은 나의 손을 떠나 책방에 들르는 이들의 선택일 것이다. 이 선택에 나는 더 이상 어떤 식으로도 개입할 수 없다. 그런 생각을 하자 갑자기 무력해졌다. 어쩌면 누구의 취향에도 맞지 않을지 모른다. 왜 이런 일을 하느냐며 무시당하고 비웃음을 살지도 모른다. 두려웠다. 다시 한번 서점의 분위기가, 또 이 공간을 지키기 위해 몇 년간 노력해왔던 그들의 노력이 고마웠다. 언제나 누구도 들여다보지 않는다며 한없이 어두운 곳에만 숨어 있으려 했던 나 자신이 조금 부끄러웠다. 내 책은 숨을 참고 전력질주하지 않아도, 오랜 시간을 천천히 걸어도 언젠가는 사람들에게 닿을 수 있으면 좋겠다고 생각했다.

간단한 서류를 작성하고 책을 입고시켰다. 혹시 좀 팔릴까요? 하는 질문에 독립출판물도 유명한 책은 사람들이 많이 찾아 수차례 재입고하지만 1년에 단 한 권도 찾지 않는 책도 있다고 했다. 1년에 한 권도 팔리지 않는 책도 있어요? 하고 다시 물었다. 왠지 내 책의 미래가 보이는 듯했다. 정산은 서점마다 다르지만 2~3개월에 한 번씩 진행되며 연락이 없으면 한 권도 팔리지 않은 거라고 그는 말했다. 그렇다면 어차피 한 권도 팔리지 않을 것 같으니 그럼 마지막으로 인사드리겠다고 처음 뵀지만 만나서 정말 반가웠다고 정중하게 인사를 하고 나왔다.

표지를 만드는 일

표지를 어떻게 만들지 고민하다가 윈도 그림판으로 장난삼아 대충 몇 개 그려보았다. 30대 백수 쓰레기의 일상을 적어낸 책 내용에 맞게 뭔가 어둡고 우울한 느낌이거나 아니면 오히려 우아하고 품위 있는 것 같으면서도 어딘가 모르게 촌스러운 느낌을 주는, 주로 아저씨들이 카톡으로 보내는 꽃이나 네 잎 클로버 그림 위에 써진 "행복하세요~♡ ♡" 같은 느낌을 주고 싶었다. 어떤 느낌인지 자세하게 알고 싶으신 분은 우리 아버지한테 연락해보시면 된다. 이런 거 엄청 보내시니까.

디자인 시안을 결정한 후 그림판으로 계속 발전시켜보았으나 마음에 드는 결과물이 나오지 않았다. 결국엔 직접 손으로 그려보자 생각했고, 검은색 도화지에 아크릴 물감으로 그린 뒤 스캔하였다.

이외에도 혹시 몰라 하얀색 페인트 마커나 크레파스 등 도구도 준비했다. 크레파스로 색을 칠하고 그 위에 검은색 크레파스로 덮은 뒤, 이쑤시개로 긁어내는 기법도 생각하였으나 이것저것 시도해본 결과 그냥 물감으로 그린 것을 사용하기로 하였다. 확정해서 사용한 표지는 생각보다 깔끔하게 나왔고 물감으로 그린 질감이 나름대로 표현되어 만족스러웠다.

그림판으로 그린
삼백쓰 표지
1차 시안들

좌
그림판으로 그린
삼백쓰 표지
2차 시안

우
손으로 그린
삼백쓰 표지
최종

다시 한번, 밀어 올려 보자

커튼 뒤에 작은 공간이 있어 그 안에 주인이 있고 서점을 찾는 사람들이 편하게 책을 볼 수 있도록 한 곳도 있었다. 이곳은 처음 만든 책이 나오자마자 입점 제안서를 보냈던 곳이기도 했다. 답장이 없어 내 책은 받아주지 않나 보다 했는데 나중에 다시 메일을 보내려고 검색해보니 메일 주소를 한 글자 잘못 써서 보낸 것을 발견했다. 나의 미련함과 꼼꼼하지 못한 성미를 반성하며 다시 메일을 보냈다. 다행히도 책을 받아주겠다고 하여 용기를 내서 찾아갔다. 한 글자 차이로도 이렇게 마음이 전해지지 않을 수 있는데 정확한 발음으로 한 글자도 틀리지 않고 말해도 내 마음이 다 전해지지 않는 사람도 있다. 그래서 부러 발음을 뭉개고 억지로 글자를 몇 개 잘못 말해보고 애써 마음이 도달하지 않는 이유를 만들고 그런 삶에는 나도 이제는 조금 지쳤다.

서점이 있는 곳은 높은 언덕이었는데 힘들게 올라간 계단 끝에서는 서울의 전경이 보였다. 오랜 고단함 끝에는 어쩌면 언제나 선물처럼 아름다운 풍경이 주어지는 건지도 모른다. 그다음부터는 서점에 방문할 때 작은 과일이나 음료 같은 것을 사 들고 가고는 했다. 인간관계를 만드는 일에는 항상 곤란을 겪어 왔어도 다시 한번, 부끄러워하지만 말고 나름의 노력을 해보기로 했다. 비록 다시 실패를 겪을지 몰라도. 시시포스는 보통 인생의 무상함을 이야기할 때 주로 인용되고는 하나 나는 이를 인간관계에 인용해버리는, 도무지 몹쓸 노릇이 아닐 수 없다. 아무리 노력하고 노력하여 인간관계를 맺기 위한 돌을 밀어 올려 보아도 나는 언제나 밑바닥이다. 그러나 나는 계속해서 다시 시도해 보일 것이다. 언젠가 돌을 밀어 올릴 힘을 잃어 돌에 깔려버릴 때까지.

마침 찾아갔던 한 서점은 1주년 행사가 진행되고 있었다. 음식을 한 가지씩 준비해오면 그것을 함께 나눠 먹는다는 이른바 포트럭 파티가 진행되고 있었다. 나는 책방 한구석에서 음식을 준비해오지 않은 것을 부끄러워하며 피자와 떡볶이 등을 조심스레 먹었다. 책방에는 열 명 정도의 사람들이 있었다. 어떻게 이 책방을 알게 되었는지를 이야기하는 눈빛과 말들에서 그들이 얼마나 이 책방을 좋아하는지를 알 수 있었다. 책방과 이 책방 주인은 정말 사랑받고 있구나. 1주년 소감을 말하는 자리에서 그는 "이 책방을 찾아오는 모든 사람이 행복했으면 좋겠다"라고 말했다. 나도? 혹시 나도 포함인가? 하는 철없는 생각을 하다 문득, 이런 마음을 가지고 살아가야만 저렇게 사람들에게 사랑받을 수 있는 거구나. 나는 내가 사랑받지 못하는 이유를 찾기에만 급급했지 한 번도 다른 사람을 진정으로 사랑하려고 노력한 적은 없다는 생각을 했다. 누군가를 사랑할 수 있어야 사랑받을 수 있는 걸지도 모른다.

직접 만들었다는 영상을 책방 한편에 걸린 스크린으로 같이 봤다. 주차장을 개조해 만들었다는 이 책방. 아무것도 아닌 공간에서 책방이 피어나기까지 그는 벽에 파란색으로 직접 페인트칠을 했고 벽돌을 씻어다 책장을 만들었다. 많은 사람이 그를 도왔으며 더 많은 사람이 책방에서 그와 함께 웃고 있었다. 편안하고 아늑한, 들어오는 사람들이 행복해지는 공간을 만든다는 것은 곧 하나의 세계를 만드는 일이고 그 세계에서 그는 누구보다 더 행복해 보였다. 책방을 운영하는 동안 어찌

행복하고 즐거운 일들만 있었을까. 그러나 그것을 겉으로 드러
내는 사람은 아니기에 아마 그 깊은 속내는 알 수 없을 것이다.

　내가 만약 앞으로 계속 글을 쓰게 된다면 이 사람 같은 글
을 쓰고 싶다는 생각을 했다. 읽는 이들이 모두 행복해질 수
있는, 아늑함과 편안함을 주는 글을. 그러기 위해서는 사람들
에게 마음을 열고 사랑하지 않으면 안 된다. 다시금 시시포스
같은 것을 떠올려보는데, 언덕 위로 돌을 굴려 밀어 올려 보아
도 돌은 언제나 정상 언저리에서 떨어지고만 만다. 그러나 행
복은 어쩌면 그 언덕 위가 아닌 돌을 밀어 올리는 끊임없는 노
력과 시도의 과정에 있는 것은 아닌가. 그러한 과정을 통하여
그는 하나의 책방을 만들어내었고 그 세계에서 많은 이가 그
탄생을 축하하기 위하여 모인 날, 나도 조금은 밝게 웃을 수
있었다. 서점에서 집에 돌아오는 길, 나는 산 중턱에 있는 집에
가기 위해 언덕을 올려 보며 생각했다. 다시 한번, 밀어 올려
보자.

나 같은 사람도 책을 만들 수 있다면

나는 이때 가지고 있었던 기묘한 오기 같은 것을 다시 떠올리고는 한다. 이왕 시작하게 된 것 뭐가 됐든 지칠 때까지 한번 해보자. 지금은 계속해서 입고를 거절당하지만 언젠가는 내 책을 서점에서 먼저 찾게 될 것이고 독립출판을 아는 사람들이라면 누구나 내 이름 석 자를 알게 할 것이다. 무슨 자신감이었는지는 지금도 잘 알지 못하겠다. 아마 살면서 한 번도 가져보지 못했던 어떤 용기 같은 것이 딱 한 번, 웅크려 있기만 하던 내가 살짝만 기지개를 켠 것으로 스스로 큰 움직임이라 착각했는지도 모른다. 첫 책을 만든 이후 한 달 뒤, 나는 또 한 권의 책을 만들기로 하는데 그 제목은 《봉철비전: 독립출판 가이드북》이다.

책을 처음으로 입고했던 서점에서 《30대 백수 쓰레기의 일기》가 다 팔렸다며 재입고 문의를 해왔다. 감사합니다, 답장을 보내고 다시 직접 찾아가기로 했다. 문을 여는 시간에 맞춰 갔지만, 서점 문은 닫혀 있었다. 사장님에게 연락해보니 일이 있어 한 시간 정도 늦는다고 하였다. 고민을 하다가 근처 초등학교 옆 문방구에서 노트와 펜을 사서 카페에 들어가 앉았다. 일단 한 권의 책을 만들어보니 처음에 겁을 먹었던 것보다 어렵지 않은 일이라고 생각했다. 나 같은 사람도 책을 만들 수 있다면 정말이지 누구나, 말 그대로 누구나 할 수 있는 일이다. 단지 어렵고 복잡해 보여서 하지 못하는 게 아닐까. 나 같은 백수도 책을 만들어서 고맙다는 말을 들을 수 있다면, 아마 이 세상의 모든 사람은 한 줄의 글만 적어서 책을 만들어도 고맙다는 말을 들을 수 있을 것이다. 카페에 앉아 커피를 마시며 노트를 폈다. 이전의 나라면 생각지도 못할 일이었다. 조금의 허세를 부렸다. 서문을 적었다.

독립출판을 준비하던 어느 날이었다. 그날따라 갈피를 잡지 못해 방황하던 와중에 바람처럼 구름 따라 우연히 흘러 들어가게 된 어느 헌책방 한 곳에서 먼지가 수북이 쌓인 고서 하나를 발견하였다. 표지도 닳고 닳아 제목도 제대로 보이지 않는 이 책을 보고 나는 감탄을 금치 못하였는데 독립출판을 위해 필요한 모든 내용이 담겨 있었기 때문이다. 보물을 발견한 기분으로 도망치듯 서둘러 계산하고 서점에서 빠져나와 신들린 듯 책을 제작하기 시작하였는데 그것이 바로 《30대 백수 쓰레기의 일기》이다. 책을 만든 이후 귀신에 홀린 것처럼 그 고서는 방 안에서 홀연히 먼지처럼 사라져버렸다. 나는 후대 사람들을 위해 그 책의 내용을 기억나는 대로 부족한 필력으로나마 여기에 옮겨보려 하는 바이다.

생각보다 어렵지 않은 일이라고

기획, 편집, 제작 비용, 판형, 폰트, 표지, 내지 종이 선택, 본문 편집, 교정 및 교열, 인쇄, 입고 및 판매, 홍보.

책의 목차를 정하고 지난 몇 달간 내가 책을 만들기 위해 알아두었던 일들을 노트에 적어 내려갔다. 책을 만드는 일이 생각보다 어렵지 않으며 누구나 할 수 있다는 것. 독립출판을 하고 싶으나 엄두를 못 내는 사람들에게 생각보다 어렵지 않은 일이라는 것을 전하고 싶었다. 책방이 열리기를 기다리며 들어간 카페에서 한 시간 동안 책의 거의 모든 내용을 적었다. 독립책방을 돌아다니며 봤던 책 중에 '김종완김종완'이라는 사람의 책이 하나 있었다. 직접 쓴 글을 집에서 출력해 재단하고 겉표지를 붙여 만든 책이었다. 언젠가는 이 책을 만든 사람을 꼭 한번 만나보고 싶다고 생각했다. 그렇다면 나도 한번 손으로 책을 만들어봐야겠다는 마음이 들었다. 봉철비전이라고 책의 제목을 정하고 독립출판 가이드북이라는 부제를 붙인 뒤 책 제목에 맞춰 고서 느낌을 주고자 전통 제본방식인 오침안정법으로 만들기로 했다. 서점 문이 열리고 책을 건네주고 나와 집으로 가서 컴퓨터에 쓴 내용을 옮겼다. 유튜브로 전통 제본을 검색하여 제본법을 배웠다. 독립출판 가이드북이라는 부제를 붙인 것은 일종의 교재나 실용서의 느낌을 주고 싶었는데, 어떠한 형식과 규격에도 규제를 받지 않는 자유로움이 보장되는 곳이라면 내가 무엇을 하든 이곳에서는 최초가 될 수 있다는 생각이었다. 에세이, 사진집, 여행기, 시, 소설 등의 문학이 주를 이루는 곳이라면 한 권의 실용서를 만들어보자.

여기까지 생각이 다다랐을 때 머릿속에 뭔가 불길한 예감이 하나 들기 시작했다. 어쩌면 이 책은 아무도 관심을 가지지 않은 채로 조용히 사라지게 될지도 모른다. 그러나 또 어쩌면 많은 사람이 책을 좋아하게 될 것이고 또 그만큼 많은 사람에게 미움을 받게 될지도 모른다. 언뜻 스치고 지나간 이 생각은, 단순히 내 성장 과정을 통해 가지고 있던 수많은 불안 중의 하나라고 보기에는 너무나도 선명했고 또 마치 이미 일어난 일처럼 명확한 현실감을 가지고 있었으며 동시에 나에게 뜻 모를 긴장감과 야릇한 쾌감마저 가져다주었다. 이 책을 생각해 낸 순간 아마 내가 독립출판을 하며 겪어낼 몇 년을 미리 예감했는지도 모른다.

원고를 다듬고 문방구에 가서 표지로 사용할 만한 종이를 사 왔다. 처음에는 파란색과 황토색의 두 가지 색으로 표지를 만들었다. 조선시대에 만들어진 책자를 인터넷으로 검색하여 최대한 비슷한 느낌으로 만들어내려고 했다. 민화풍의 삽화를 붓펜으로 그렸다. 큰맘 먹고 거금을 투자하여 중고로 3만 원을 주고 집에서 쓸 수 있는 간단한 재단기도 사 왔다. 종이를 출력하고 재단기로 재단한 뒤 송곳을 이용하여 권마다 다섯 개의 구멍을 뚫었다. 손바닥에 물집이 잡혔지만 노동으로 익숙한 일이었다. 일할 때 쓰던 장갑을 손에 꼈다. 다이소에서 사 온 색실을 바늘에 꿰어 책을 제본한 뒤 마찬가지로 프린터로 출력한 책의 제목을 가위로 잘라 풀로 붙였다. 《봉철비전: 독립출판 가이드북》. 다시 입점 제안서를 작성하여 독립서점에 메일을 보냈다. 한 번이 어렵지 사실 두 번도 어렵기는 마찬가지다. 하지만 이 어려움들에 언젠가는 나도 무뎌짐이라는 이름으로 익숙해질지도 모른다.

제　목: 봉철비전: 독립출판 가이드북

사이즈: 105mm X 148.5mm

페이지: 56페이지

내　용: 독립출판 가이드북

가　격: 7,000원

독립출판계의 실용서적을 표방하는 책으로《30대 백수 쓰레기의 일기》
라는 책을 독립출판하기 위하여 독립서점을 돌아다니며 사전조사를 하
고 을지로 인쇄소 거리를 돌아다니며 견적을 내고 직접 글을 모아 워드
프로그램으로 책형을 만들어 편집하여 독립서점에 입고시키기까지의
과정을 적어보았습니다.

처음으로 아무것도 모르는 제가 책을 만들기 위하여 발로 뛰며 몸으로
부딪치며 알아낸 나름의 정보들로 독립출판을 위한 정보를 서술하여 독
립출판에 대한 꿈을 가진 사람들이나 혹은 독립출판물이 만들어지는
과정에 관심이 있는 사람들에게 재미있게 읽히고 제가 겪었던 시행착오
를 줄이는 데 도움이 될 것이라 생각합니다.

《봉철비전:
독립출판 가이드북》, 2017

독립출판의 왕도

　메일을 보내고 답장이 오기 시작했다. 아무래도 무뎌진 쪽은 내가 아니라 서점이었는지도 모른다. 처음 메일 보내고 얼마 안 되어 처음보다 경쾌한 반응으로 답장이 오기 시작했다. 다시 메일 보내셔서 잘못 보내신 줄 알았어요. 실수인 줄 알고 읽지도 않고 삭제할 뻔했어요. 기대합니다. 보내주세요. 나는 종일 손으로 책을 만들고 답장이 오는 곳에 택배로 보내거나 다시 가방에 책을 담고 서점을 찾아 입고하기 시작했다.

　이쯤에서 처음 이 글을 쓰기로 마음먹었을 때, 내가 생각해둔 제목을 이야기하지 않을 수 없다. 않을 수가 없다고 말은 했지만 사실 말하지 않아도 상관없기는 하다. 책의 제목은 독립출판의 왕도로 정해두었으나 이렇게 밝히는 이유는 아마도 이 제목으로 책이 나올 리 없을 거라 생각하기 때문이다. 이 이야기는 거창한 성공담도 아니고 그렇다고 해서 나름의 고난이나 역경을 이겨내고 인간으로서 몇 단계의 성장을 이뤄내는 성장기를 그리는 이야기 또한 아니다. 물론 나에게는 삶에 있어서 몇 번 찾아오지 않을, 나 자신이 가장 빛나고 아름다웠던 시절의 이야기이기는 하지만, 읽는 이에 따라선 그저 밤의 어두운 골목을 밝히는 가로등 불빛이나 밤의 숲을 간신히 밝히는 반딧불이의 가냘픈 불빛 정도밖에는 생각되지 않을 수도 있다. 영원히 빛날 것만 같던 밤하늘의 별빛도 언젠가는 사그라든다는 것을 알아버렸을 때, 꽃이 피고 지는 일을 하염없이 바라보아도 결국 나의 노력이 피고 지는 일은 막지 못한다는 것을 깨달은 순간이 비로소 내가 이 이야기를 쓰게 된 이유가 아닌가 싶다.

이왕 왕의 길을 들먹였으니 이야기를 조금 더 해보자면 역사적으로 왕이 되는 길에는 두 가지의 방법이 있다. 하나는 왕가에 적자로 태어나 정통성을 이어받아 어려서부터 제왕학을 익힌 뒤 선왕의 뒤를 잇는 방법과 다른 하나는 어떠한 자격도 갖추지 못하는 이가 왕가를 뒤엎고 스스로 왕이 되는 일이다. 과연 쓰이지 못할 제목으로 왕도를 들먹이는 나는 어떠한 방법으로 독립출판의 왕도에 오르게 되었을까.

처음에 장난처럼 입점 제안서나 인스타그램에 썼던 독립출판계의 떠오르는 별, 혜성처럼 등장한 괴물 신인, 강력한 어깨를 지닌 유망주, 나오자마자 슈퍼스타 등의 카피들을 입점을 허락해준 서점들에서 책 소개를 올릴 때 사용해주었다. 다시 책을 가방에 담아 서점을 돌아다니며 입고를 시작했다. 그러던 중 이대역 근처에 있는 한 서점에 갔을 때다. 주인은 자발적 거지를 자처하는 분이셨는데 우연히 일주일쯤 뒤 서점에서 TV 촬영을 한다는 것을 알게 되었다. 군대에서의 독서 문화를 소개하는 짤막한 분량이었다. 다시 입대할까 하는 생각을 했지만, 현역 군인은 이미 섭외되어 있었고 그 주위에 앉아 있을 사람들을 찾고 있었다.

촬영일에 맞춰 책방에 갔다. 차마 들어가지를 못하고 한참을 앞에서 서성였다. 이대로는 안 되겠다 싶어 잠시 책방에 들어갔지만 말을 걸지는 못하고 책을 구경하러 온 손님인 척 잠시 책을 들여다보다가는 다시 나왔다. 이대로는 안 되겠다 정도의 다짐으로는 부족하구나. 나는 잠시 서점 밖에서 여기까지 와서 이렇게 망설일 거면 차라리 집에 가지, 하고 생각하다 다시 서점에 들어가 촬영을 하는 사람들 곁으로 용기를 내서

다가갔다. "백수 쓰레기 씨 아니세요?" 서점 주인이 말을 걸어 주어 자연스럽게 자리에 앉을 수 있었다. 나중에 방송을 보니 5초 정도 내가 어색하게 자리에 앉는 장면이 공중파 TV를 통해 나왔다. 집에서 혼자 한참을 기뻐 웃었다.

50분이면 누구나 책을 만들 수 있다

독립서점의 주인 중에는 회사에 다니다가 원하는 일을 하고 싶어 그만두고 서점을 준비한 분들이 많은데, 그중에서도 이분은 유독 더욱 자유로워 보였다. 《봉철비전》을 사람들이 좋아해줬기 때문에 표지의 색상을 다양하게 만들기로 했다. 분홍색, 노란색 등의 표지를 만들어 봄 한정판이라며 SNS에 올렸다. 새로 표지를 바꾼 《봉철비전》의 재입고를 위해 역시 이 서점에 찾아갔는데, 마침 3일 정도 해외여행으로 서점을 비워야 해 그동안 서점을 봐줄 사람을 찾고 있었다. 어차피 책을 만드는 일 외에는 집에서 따로 할 일이 없기도 했고 또 내 책이 놓인 독립서점이라는 공간에 대한 호기심도 있었기에 제가 서점에 있어도 괜찮겠냐고 여쭤어보았다. 그러세요. 흔쾌히 대답을 들은 나는 작은 워크숍을 진행해보기로 했다.

그렇게 3일간 서점을 지키며 저녁에는 작은 강의를 하기로 했다. 강의 제목은 "50분이면 누구나 책을 만들 수 있다".《봉철비전》을 교재로 사용하고 강의료는 3,000원, 그러니 50분간 단돈 1만 원으로 누구나 책 한 권을 만드는 과정을 배울 수 있다는 것. 책을 만들었던 과정과 나 같은 사람도 했으니 누구나 할 수 있을 거라는 이야기를 전하고 싶었다. 3일간 저녁 시간에 1일 3회 총 아홉 번의 강의를 진행했는데 생각보다 많은 사람이 왔다. 사람들 앞에서 말을 하는 것이 익숙하지 않아 첫 말을 떼기가 정말 너무나도 어려웠다. 무슨 말을 해야 하지? 인사를 일단 해야 하나? "안녕하세요"에서 안녕을 말하고 목소리가 점점 줄었다. 내가 편하게 반말로 인사한 줄 알고 편하게 안녕이라고 다시 반갑게 인사를 받아주면 좋으련만, 이 사람 뭐지? 언제 봤다고 갑자기 반말로 인사를 하지? 하는 표정으로 나를 바라보았다. 당황한 나는 사람들을 보며 다시 말을 걸었다.

— 아니 여러분들 여기 대체 왜 오셨나요?

그제야 사람들은 웃었다. 마음이 놓인 나는 겨우 다시 말을 이어갈 수 있었다.

―그럼 왼쪽 분부터 차례로 왜 오셨는지 나는 누구인지를 말씀해주세요.

　숨 돌릴 시간을 조금 벌었다. 책을 만들고 싶지만 어떻게 해야 할지를 몰라 찾아왔다. 간혹 내 책을 보고 내가 궁금해서 와주신 분들도 계셨지만, 대부분은 마음은 있지만, 방법을 몰라 책을 만들 용기를 내지 못하는 분들이었다. 마치 사람들과 친해지고 싶고 다가가고 싶은 마음은 있지만, 그 방법을 몰라 머뭇거리기만 하는 나를 보는 것 같았다. 나도 예전에는 너랑 성격이 비슷했는데, 어떻게든 바꾸려고 해보니깐 되더라. 이런 조언이라면 수백 번도 넘게 들어왔던 터라 나도 할 수 있을 것 같았다. 다이소에서 3,000원을 주고 스티커처럼 붙이는 화이트보드와 보드마커를 샀다. 끝나고는 사람들이 나에게 가끔 박수를 쳐주기도 했다. 나는 왜 이 사람들이 박수를 치는지 몰라 나를 놀리는 건가 하는 마음에 나도 이 사람들을 놀리기로 했다.

　―감사합니다. 여러분들이 꼭 책 한 권을 만들 수 있으면 좋겠어요.

강의를 들은 몇몇 분들이 얼마 뒤 정말로 책을 만들었다는 이야기를 들을 때면 기뻤다. 그렇지만 50분의 짧은 강의를 마치며 사람들에게 마지막으로 했던 말은 농담이 아니었다. 책을 내고 나서 받았던 메시지들, 아무것도 아닌 내가 그 메시지들을 읽고 느꼈던 감정들, 여러분들은 저보다 훨씬 더 훌륭한 분들이기 때문에 제가 이렇게 기쁠 수 있었다면 여러분들은 분명 더 큰 즐거움과 기쁨을 느끼실 수 있을 거예요.

　3일 동안 책방을 지키며 낮에는 책을 팔고 저녁에는 강의를 진행했다. 마지막 날 집에 오는 버스에서는 많은 생각이 들었다. 핸드폰을 열고 서점 주인에게 3일간 즐거웠습니다, 감사합니다 하고 메시지를 보내려다 그가 SNS에 올린 사진들을 보았다. 누가 봐도 한국에서 찍은 사진들을 올려놓고는 해외인척 너스레를 부리고 있었다. 덕분에 즐거웠습니다. 감사의 인사를 전하고 버스에서 혼자 조용히 웃었다.

⑥　책을 완성하는 일

처음에는 표지 안쪽 부분에 들어가는 사진과 프로필을 검은 배경에 흰 글씨로 제작하였다. 인쇄소에 문의할 때는 무리가 좀 있어도 가능할 것 같다고 했는데, 막상 책을 받고 나니 문제가 생겼다. 인쇄한 부분에는 본드가 잘 붙지 않아 조금만 힘을 주어도 표지가 쉽게 떨어졌다. 여리고 순수한 심성만큼이나 어깨도 좁고 누가 봐도 비리비리한 약골이라 어디 가도 무시당하기에 십상인 내가 힘을 조금만 주어도 아주 쉽게 떨어졌다.

책을 제본할 때는 무선제본이라는 방식을 사용하는데, 본문 종이를 모아 제본용 본드를 바르고 그 위를 표지로 덮는 방식이다. 본드를 바를 안쪽 책등 부분에 인쇄를 하면 본문과 표지가 제대로 붙지 않을 수 있다. 분명 불량인 거 같기는 한데 원체 사람들에게 싫은 소리 하는 것을 힘들어하고 낯가리고 소심한 성격인지라 원래 책은 다 그런 것이라고 스스로 속이려 하며 잠도 못 자고 밥도 못 먹고 괴로워했다. 말을 하기가 어려워서 표지가 떨어져서 너덜거리는 책을 어떻게 할까 하다가 정가로 생각했던 것보다 싸게 팔까도 생각했다.

며칠을 고민하며 끙끙 앓으면서 괴로워하던 와중에 어느 날 《봉철비전》을 베개 삼아 잠깐 책상에 누워 잠들었다. 꿈인지 생시인지 산속에 백발이 길게 늘어진 흰 수염의 할아버지 한 분이 지팡이로 땅을 짚으며 "가서 말이라도 해봐 등신아" 하시길래 그제야 벼락을 맞은 것처럼 머릿속에서 그래 내가 어떻게 번 돈으로 만든 책인데, 하며 깨어났다. 잠들기 전 켜뒀던 TV에서는 마침 〈나는 자연인이다〉가 방송되고 있었다.

용기를 내 인쇄소에 찾아가서 보여주며 설명을 하니 처음에는 표지만 다시 뽑아서 제본을 다시 해주겠다, 그럼 책 사이즈가 작아질 수 있다고 말했는데 가뜩이나 작은 책을 더 작게 만들면 안 될 듯하여 소심한 성격에도 용기를 내 강력하게 주장하자 결국 전량 다시 인쇄해주기로 했다. 이때의 재인쇄 비용과 운송 비용은 전부 인쇄소에서 부담했다. 정말이지 하늘이 내려준 그 책이 아니었더라면 하는 생각에 지금 다시 돌이켜 봐도 가슴을 쓸어내리며 안도의 한숨을 쉬게 되는 것이다. 대신 문제의 원인이었던 검은색으로 된 표지 안쪽을 하얀색 바탕에 검은 글씨로 다시 보내 달라고 하여 다시 만들어 보냈다.

표지는 무광과 유광을 골라 코팅할 수 있는데 코팅을 해야 표지에 상처가 덜 나고 다정하고 따뜻하게 감싸줄 수 있다. 혹시나 하여 다시금 책을 열어 읽어보니 코팅에 관한 부분은 굵고 진한 글씨로 "무광이 간지"라고 쓰여 있어 인쇄소에 "무광으로 해주시오" 부탁하였다. 그러나 검은색 표지에 무광으로 하면 기스가 쉽게 눈에 띈다고 유광이 낫다고 하여 유광으로 할 수밖에 없었다. 나도 안다. 무광이 더 멋있는 거. 세상에는 내 뜻대로만 할 수 없는 일들이 있다. 가르침대로 따르지 못했다는 죄책감에 괴로웠다.

책 표지는 일러스트레이터라는 프로그램을 사용했다. 뒤표지, 책등, 앞표지를 한 파일로 만들어야 하는데 크기를 지정할 수 있어 편했다. 백수이기 때문에 어도비 사이트에서 30일 무료 체험판을 이용했다.

책 표지를 만들 때 책등(세네카)을 계산해야 한다. 사용하는 종이의 종류와 그램 수, 페이지 수에 따라 책등 부분의 두께가 달라지기 때문이다. 책등은 인쇄소에 문의하면 계산하여 알려주는데 직접 계산하고 싶다면 고서에만 특별히 전해진다는 공식을 여기 적어보도록 한다.

= (페이지 수 ÷ 2) X 종이 두께 + 0.5mm

종이 두께는 인터넷에 검색하면 찾을 수 있다. 그램 수가 같아도 종이 종류에 따라 종이 두께는 달라질 수 있으니 꼭 확인해야 한다. 이 공식으로 《30대 백수 쓰레기의 일기》의 책등을 계산해보자.

(252 ÷ 2) X 0.093 + 0.5 = 12.218

표지를 만들 때 고려해야 하는 부분이 또 있다. 표지 파일 크기를 책 판형보다 상하좌우로 3mm씩 크게 만들어야 한다는 것이다. 예를 들어 128X188의 책은 134X194의 사이즈로 표지 파일을 만들어야 하는데 이유는 재단 시 정확하게 잘리지 않기 때문에 위아래에 흰 여백이 생길 수 있다. 이는 본문 작업에서도 페이지에 꽉 차게 그림이나 사진을 넣고 싶을 때와도 같다.

표지 안쪽에 면지로 들어가는 색지는 인쇄소에 가면 다양한 색의 샘플북을 보여준다. 그중에서 취향대로 골라서 사용하면 된다. 400권 정도의 소량 인쇄에서 추가되는 비용은 1만 원 이내라 큰 부담 없이 예쁘고 깔끔하게 만들 수 있다.

독립출판 축제 여행기 1

당시에는 SNS를 통해 책을 구입하고 싶다는 분들이 있었다. 서울 근교라면 직접 가서 책을 팔고 오기도 했다. 어느 날 내가 살고 있는 지하철역으로 책을 사러 오시겠다는 분이 SNS로 연락을 해오셔서 책 한 권을 들고 나갔다. 검은 후드티를 입고 모자를 푹 눌러쓴 분이 계셨다. 책을 받으며 꼭 직접 만나 사고 싶었다고 말했다. 집에 오는 길 그의 계정을 살펴보자 《아무것도 할 수 있는》이라는 독립출판물을 만든 분이었다. 독립출판물로는 이례적으로 몇천 권의 판매 부수를 자랑하는데, 우울증 수기를 모은 책으로 수익금은 생명의 전화에 기부하고 있었다.

이왕 책을 만들었으니 독립출판물 마켓에도 참가하기로 했다. 홍대 쪽에서 열리는 와우북 축제와 독립출판물 축제, 퍼블리셔스테이블, 언리미티드에디션, 세종문화회관 뒤뜰에서 열리는 소소마켓 등이 유명했다. 마침 한 달 정도 뒤 경의선 책거리에서 독립출판물 축제가 열린다는 것을 보았다. 참가비는 1일에 3만 원이었던 것으로 기억한다. 마켓마다 1일 참가비가 3~7만 원 정도로 책정되어 있다. 이 참가비는 공간의 대여, 테이블 의자의 대여, 홍보 등 행사 진행료로 사용된다. 하루 참가비 3만 원이면 책을 세 권을 팔아야 해. 과연 내 책을 사는 사람이 있을까? 잠시 고민했지만 어차피 집에서 따로 할 일도 없었기에 참가 신청서를 쓰고 얼마 뒤 참가 확정 메일을 받아 참가비를 입금했다.

축제에 가기 전에는 이것저것 준비를 했다. 동대문에 가서 하얀색으로 된 테이블보를 고르고 다이소에 가서 책을 세워 둘 미니 이젤을 샀다. A4용지 4분의 1 크기인 《봉철비전》을 A4용지 사이즈로 출력하여 황금색 표지를 입혀 대형판으로 만들기도 했다. 사람들이 지나가다가 한번 들여다보기만 해도 좋겠다는 생각이었다. 축제 전날은 잠이 안 와 밤새워 뒤척였다. 어떻게 책을 가져갈까 고민하다가 군대에서 전역할 때 가지고 나온 더플백에 책과 테이블보와 미니 이젤들을 꾹꾹 눌러 담았다.

막상 마켓 당일에 가서 보니 다른 사람들은 대부분 캐리어에 책을 담아 끌고 왔다. 한 시간 정도 미리 도착하여 주최한 서점과 인사를 하고 명패를 받았다. 지정된 테이블에 테이블보를 펴고 책을 꺼내려는데 머뭇거려졌다. 다른 사람들이 가지고 온 책이나 그림들은 화려하고 정말 예술을 하는 사람들이 만든 것처럼 보이는데 내가 만든 것은 그냥 애들 장난처럼 느껴졌다. 그냥 집에 갈까? 내가 또 괜한 짓을 해서 사람들한테 비웃음이나 당할 일을 만들어버린 건 아닐까? 고민했으나 갑자기 입금했던 참가비 생각이 났다. 과연, 행사 진행비로만 생각했던 참가비의 진짜 용도는 어쩌면 나처럼 도망가려는 사람을 붙잡아두는 일일지도 모른다.

그렇게 참가비에 발목이 잡혀 앉아 있게 된 마켓은 신기한 경험이었다. 내가 만든 책을 내 눈앞에서 사람들은 표지만 흘끗 보고 지나치던가, 몇 장을 읽어보고 지나치던가, 아예 눈길조차 주지 않기도 한다. 그럴 때면 나는 그저 매일 햇빛도 잘 들지 않는 반지하 방에 웅크려 있다가 이렇게 해가 뜨는 낮에 야외에 나와 앉아 있다는 것에 감사하기로 했다. 밝음을 당당히 마주할 수 있는 사람이 될 수 있을까. 그저 매일의 어두 컴

컴한 방과 야외에 있는 테이블에 나는 어김없이 그저 아무 말도 하지 않고 앉아만 있을 뿐이어서 그다지 달라진 것도 달라질 것도 없다는 생각을 했다. 차이가 있다면 단지 빛이 비치는 쪽으로, 반지하 방을 벗어나 어깨에 가방을 메고 밝은 곳을 찾아갔을 뿐이다.

어디에든 별이 있다. 지나가는 사람들을 보며 반짝이는 그 별과도 같은 사람들에게 나는 아직 닿지 못할 어둠일 뿐인지도 모른다. 가끔 내 눈앞에서 책을 들고 읽는 사람들을 보며 나는 그 별과도 같은 이들에게 나는 어떤 느낌으로 다가가고 있을지, 혹시 그 반짝임에 조금의 어둠을 더해버린 것은 아닐까를 고민했다. 그 어둠은 빛을 가려 생긴 그림자일까 달을 가려 모양을 일그러트리는 일식일까. 해와 달에 대한 문제를 고민했다. 앞에서 책을 읽던 분이 잘 봤다, 직접 쓴 책이냐고 묻는 말에 그렇다는 말과 함께 읽어주셔서 감사하다고 인사를 건넸다. 다시 쑥스러워져 목을 움츠리고 눈치를 살폈다. 나의 어둠에, 처음으로 다가와 준 반짝이는 불빛이었다.

내가 쓴 글을 내 눈앞에서 읽는 일

잠시 뒤 어떤 분이 오셔서 내 책을 다른 독립서점에서 읽었다며 이야기를 건네왔다. 그가 마지막으로 한 말은 "어머니에게 효도하세요"였다. 생각보다 많은 분이 독립서점에서 책을 읽고 나를 찾아왔다고 해주셨다. 한 여성분께선 책을 펴자마자 나온 페이지를 읽자마자 "미친 새끼 같아" 하고 소리 내서 웃기도 하였다. 초면에 실례되는 말씀이지만 틀린 말은 아니네요, 하고 같이 웃었다.

주말 동안 1박 2일로 진행되는 행사에서 다른 참가들과 인사를 하고 집에 오는 지하철에서 하루를 돌이켜보았다. 내가 쓴 글을 사람들이 내 눈앞에서 읽는 일은 살면서 몇 번 해볼 수 없는 진기한 경험이었다. 간혹 어떻게 그렇게 솔직하게 글을 쓸 수 있냐는 질문을 받고는 한다. 나는 그럴 때마다 저는 한 번도 글을 솔직하게 써본 적이 없습니다, 말하는데 이건 내가 원래 본심을 잘 말하지 않는 비뚤어진 사람이기 때문이다.

글을 쓰는 일을 사람들이 두려워하는 이유 중 하나는 다른 사람들이 내가 쓴 글을 읽고 나를 판단하는 것이 두렵기 때문이다. 물론 문장력이나 어휘의 부족함을 걱정할 수도 있을 것이다. 하지만 내가 쓴 글을 읽고 내가 겉으로는 멀쩡한 척하지만 사실은 얼마나 뒤틀리고 비비 꼬인 인간인지, 혹은 나의 생각의 깊이가 얼마나 얕고 하찮은지, 때로는 정말로 얼마나 사소한 이유로 짜증을 내는 사람인지를 알게 되는 걸 두려워하기 때문이 아닌가 싶다.

전문적으로 글쓰기를 배워본 적도 없고 글을 쓰는 일에 대해서는 아는 게 거의 없다시피 하지만, 이 정도는 나도 생각해봤기 때문에 이런 질문을 들을 때면 대답하는 말이 있다. 내가 쓴 글과 글을 쓴 나는 완벽하게 분리된 하나의 객체이며 이를 다른 사람이 읽는다 하더라도 이 둘을 동일시하는 사람은 없을 것이다. 글을 쓴다는 것은 하나의 세계를 세상에 내놓는 일이고 글을 읽는 일은 글쓴이로부터 독립된 하나의 세계를 독자가 받아들이는 일이다. 읽는 이는 글을 통해 지은이를 판단하거나 평가하는 것이 아니라 오히려 자신을 판단하고 자신에 대한 평가를 내린다.

그동안 글을 쓰며 좋은 말 외에도 수많은 나쁜 말을 듣기도 했다. 언젠가는 크리스마스 직전에 작은 교통사고를 당해 병원에 2주간 입원을 했는데 크리스마스날 블로그에 수많은 댓글이 달렸다. 입에 담기 어려운 욕설들로 그는 내가 쓴 글을 읽고 몇 시간에 걸쳐 정성 들여 댓글을 달며 비난했는데, 환자복을 입고 병원 침대에 누워 이 댓글들을 읽다가 문득 이런 생각을 했다. 이 사람은 대체 왜 모두가 즐거울 크리스마스 새벽에 나에게 이런 댓글들을 달고 있는 걸까. 갑자기 너무나도 슬퍼지기 시작했다. 누군가가 나에게 욕을 하며 화를 내서가 아니라 이 사람이 얼마나 외로운지 대체 무엇이 이 사람의 마음속에 이만큼의 화를 쌓아 두게 했을까 생각하니 나 또한 외롭고 슬퍼졌기 때문이다.

내가 쓴 글은 주로 어머니와의 일화들이 많은데 사람들이 그 글들을 읽고 하는 말들이나 조언, 혹은 격려들은 스스로 돌이켜봤을 때 본인의 어머니와의 관계를 생각하며 자신에게 하는 말들이 아닌가 싶다. 효도해라. 어머니에게 잘 해드려라. 힘내라. 열심히 살아라. 뭐든지 노력하면 안 되는 일은 없다. 다시 한번 일어나서 움직여봐라.

독립출판 축제 여행기 2

마켓에 참가한 사람들의 책을 보니 주로 여행기가 많았다. 첫날 집에 오는 길에 나도 여행기를 써보고 싶다고 생각했다. 살며 몇 번 여행을 가본 적이 없기에 나는 오늘 경의선 책거리에 다녀온 일을 하나의 여행으로 생각하여 여행기를 쓰기로 했다. 집에 돌아와 컴퓨터를 켜고 A4용지에 글을 한 장 정도 적은 뒤 프린터로 출력하여 4등분을 했다. 가운데를 스테이플러로 찍고 그 위를 마스킹 테이프로 둘렀다.

다음 날 아침, 이번에는 어머니가 쓰시던 캐리어에 책을 담아 끌고 지하철로 가는 길에 SNS에 홍보 글을 올렸다. 본격 김봉철의 여행기 출시! 10권 한정! 가격은 1만 원으로 적어두었으나 실제로 판매할 생각은 없었고 생각보다 독립서점에서 책을 읽고 나를 보러 오는 분들이 많았기에 그분들에게 사은품처럼 하나씩 드렸다. 취재하러 나온 지역 케이블 방송국과 인터뷰를 짧게 하기도 했으며, A4 사이즈로 만든 《봉철비전》 대형판은 15만 원에 팔겠다며 장난스레 SNS에 올렸는데 정말 그 가격에 사주시겠다고 하는 분이 있어서 고민하다가 5만 원을 받았다.

둘째 날의 마켓이 끝나갈 때쯤, 멀리서 전동 휠체어를 탄 분이 다가오셨다. 경기도에 있던 한 서점에서 내 책을 보셨다며 내가 밥을 굶었을까 봐 햄버거를 샀다며 빅맥 세트를 건네주셨다. 책을 한 권 더 사고 싶다며 가격을 물어보며 지갑을 열었는데 2천 원 정도가 부족했다. 이때의 일은 지금도 가끔 떠올리며 후회하고는 하는데 혹시라도 몸이 조금 불편하다고 해서 동정하는 것처럼 보일까 봐 책을 팔지 못했다. 그냥 드렸어야 했나? 가격을 깎았어야 했나? 어떤 일들은 정말이지 시간이 지나고 생각해봐도 정답을 알 수 없는 일들이 많다. 나는 얼마나 어리석고 또 바보 같은 사람일까. 이 일을 생각하면 너무나도 한심하고 또 바보 같은 내 모습에 비참해진다. 그저 그때 주신 햄버거는 맛있게 잘 먹었으며 정말로 감사하다는 이야기만을 할 뿐이다.

저도 책 같은 걸 만드는데요

첫 마켓을 하고 난 뒤에는 간간이 다른 서점을 돌아다니며 강의를 했다. 처음 이대에 있는 책방에서 강의를 하고 나니 다른 서점 주인분들도 이게 무슨 강의인가 궁금해하셨다. 그러던 중 예전에 회기역에서 책을 사줬던 김현경에게서 연락이 왔다. 김종완김종완이라는 사람과 같이 셋이서 한 권의 책을 만들어보자고 했다. 홍대에 있는 한 독립서점에 모여 이야기를 했다. 독립서점에 관한 글을 쓰자. 서점을 이용하는 손님들이 아닌 직접 책을 만들어 가방에 담아 입고를 하는 독립출판물 제작자의 시점에서 본 서점의 이야기를 담기로 했다.

이때 처음으로 아직은 어색하기만 했던 독립출판물을 만드는 일에 대해서 이런저런 이야기를 나눌 수 있었는데 특히 그동안 궁금했던 김종완김종완이라는 이름에 대해 물어봤다. 제작부터 홍보, 유통까지 전부 직접 도맡아야 하기 때문에 글을 쓰는 자신과 그 외에 마케팅이나 정산 등을 관리하는 자신을 나눠서 생각하고 싶어서 지은 이름이라고 했다. 나도 역시 비슷한 문제로 고민하고 있었기에 그야말로 명쾌한 방법이라고 생각했다.

같이 언제까지 쓰기로 마감을 정하고 어떤 방식으로 글을 쓸지를 이야기했다. 물론 당연하게도 처음 정했던 마감은 그 누구도 지키지 못했다. 독립서점에 입고하거나 제작자로서 찾아가 나눈 이야기들을 글로 적었다. 처음에는 사실 한 서점에서 있었던 기묘한 일을 적어내고 싶었으나 거절당했다. 이때 조금 심통이 나서 기획이 틀어질 뻔했으나 다행히 두 분이 사회성이 부족한 나를 이해해주어서 책을 다시 만들게 되었다. 향취, 욕심, 시시포스, 제주도기행문, 취향. 다섯 개의 소제목을 정하고 글을 쓰기 시작했다. 자유롭게 그냥 쓰고 싶은 것만 쓰다가 처음으로 어떤 기획을 정하고 거기에 맞춰 글을 쓰는 일은 힘들고 어색하기도 했지만 나름의 보람과 재미가 있었다. 제작자의 시점에서 본 서점의 이야기를 쓰다 보니 서점 사장님들이 본 제작자들의 이야기도 궁금해졌다. 집 근처에 한 독립서점에 찾아가 제작자들의 이야기를 써 달라고 부탁해 수록

했다. 프롤로그를 적어줄 수 있겠냐는 제안에 김현경 씨가 지은 "저도 책 같은 걸 만드는데요"라는 제목에 맞춰 써보았다.

책을 만듭니다. 아니 책 같은 걸 만듭니다. 이런 걸 책이라고 불러도 될지 모르겠습니다. 작가님 소리를 들어도 작가는 아닙니다. 독립출판을 한 이후로 간혹 질문을 받습니다. 왜 책을 만드셨나요? 왜 이런 이야기들을 모아서 책으로 만드신 건가요? 책을 내고 나서 달라진 점이 있나요?

이런 질문들은 사실 의미가 없습니다. 왜냐고 물으면 대답은 때때로 달라집니다. 쓰지 않으면 미쳐버릴 것 같은 이야기들이 제 안에서 피어올라서요. 아무도 제 이야기를 들어주지 않아 스스로 제 이야기를 알릴 방법을 찾고 싶었어요. 지금 이 순간 소중한 일상의 추억들을 기록으로 남기고 싶어서요. 용돈이라도 벌어 보려고 만들었습니다. 그냥 심심해서 해 봤어요. 다양한 방식으로 표현하느라 애를 먹습니다.

사람이 하는 일들에 모두 의미가 있어야 한다는 것에는 지쳤습니다. 행동에는 목적이 없을 수 있고 그 목적엔 당위가 없을 수도 있습니다. 전공자가 아닌 일반인으로 책을 만드는 일에 대해 부정적인 시각들도 간혹 마주해야 했습니다. 학벌, 경력, 자격증, 살아 있는 것이 목적이라면 그 목적에 대한 당위는 이러한 것들로 채워져야 하는지 모릅니다. 30대 백수 쓰레기와 디자이너와 경제학도가 낸 책들에 이런 당위는 없을지 모릅니다. 그렇다면 그 목적에는, 책을 낸 이유에는, 어떤 의미가 있어야 할까요.

올해 초, 한 독립서점 겸 카페에 세 명이 모였습니다. 낯을 확실하게 가리는 사람, 낯을 가리는지 안 가리는지 모르겠으나 낯을 가린다는 말을 더 이상 하지 않기로 한 사람, 낯을 가리지 않는 것이 분명한 사람. 독립출판물 제작자에게 음료를 할인해주는 이 서점에서 누구도 감히 아티스트입니다, 말하기 어려워하고 있을 때, 낯을 가린다는 말을 하지 않기로 한 사람이 가서 할인을 받아 왔습니다. 대단하시네요, 둘이 감탄하고 있을 때 그가 이야기했습니다. "두 분도 아티스인데요,라고 말했어요."

소설을 쓰고 집에서 출력하여 수작업으로 책을 만드는 사람, 우울증에 대한 수기를 책으로 모은 사람, 30대 백수 쓰레기의 일기를 책으로 만든 사람 셋이 모여 독립서점에 대한 이야기를 나

넜습니다. 왜 그들이 서점을 냈나, 장사는 잘되나, 먹고살 수는 있나, 하는 질문은 나오지 않았습니다. 이 서점은 이래서 좋아, 여기는 이런 부분들이 싫어, 독립출판물을 만들어 가방에 가득 짊어지고 서점들을 돌아다니며 책방 문을 들어설 때의 그 감정, 낯을 많이 가려 사람들에게 이야기를 잘 하지 않고 집 밖으로 잘 나가지도 않던 사람들이 자신들의 이야기를 책으로 만들어 그것을 보여주기 위하여 서점에 들어섰을 때 느꼈던 감정들과 그 서점에서 만난 서점 주인들에 대한 생각. 목적과 의미와 당위를 넘어선 사람과 사람의 만남을 이야기하고 싶었습니다.

책이 아닐지 모릅니다. 작가가 아닐지 모릅니다. 의미가 없을지 모릅니다. 그저 우리는 서점의 문을 열고 들어서며 한 마디를 건넸을 뿐입니다.

"저도 책 같은 걸 만드는데요."

책의 편집과 표지 디자인은 디자인을 전공한 김현경 씨가 도맡아서 했다. 유일하게 편집 과정에 부탁한 부분은 처음 순서로 내가 쓴 글을 넣어달라는 것이었다. 독립출판에서 유명하고 글을 잘 쓰시는 분들에 비해 내가 쓴 글이 마지막으로 들어가면 비교를 너무 당할 것 같았다. 책은 텀블벅이라는 크라우드펀딩 사이트를 통해 후원받아 제작했으며 책이 나온 날 김현경 씨의 집에 모여 같이 박스를 뜯고 책을 포장지에 담았고 같이 저녁을 먹었다. 이 책을 보고는 그동안 내 책을 입고 시켜주지 않던 서점들에서 내가 만든 다른 책들도 궁금해하여 입점 문의를 하기도 했다.

이면의 이면

다시 한 권의 책을 더 만들었다. 처음 만든 《30대 백수 쓰레기의 일기》가 김봉철이라는 인물을 통하여 사회의 어둡고 우울한 한 이면을 보여줬다면, 아무리 사회의 이면이라고 생각되는 그에게도 또 다른 이면이 있지는 않을까. 제목을 《이면의 이면》이라고 짓고 표지를 고민하다가 김현경 씨에게 이야기하니 선뜻 표지를 그려주겠다고 했다. 고개를 푹 숙인 검은색의 사람이 자신의 검은 그림자를 내려다보고 있었고, 하얀색의 사람이 자신의 흰 그림자를 내려다보고 있는 그림을 보여주었다. 정말 곤란했는데 고맙다는 인사를 한 뒤 그림자를 바꾸는 것이 어떻겠냐고 물었다. 고개를 숙여 검은 그림자를 보는 사람의 앞이 어둡지 않을 수 있으며 고개를 들어 밝은 그림자를 보는 사람의 미래가 밝지 않을 수도 있다는 생각이었다. 인쇄소에 연락해서 견적을 물어보고 웹하드에 파일을 올렸다. 이번에는 하루 만에 책이 집으로 배송되었다. 서점에 다시 입점 제안서를 보냈다.

연남동의 한 서점에서 작은 행사를 진행하고 있었다. 서점 앞에 있는 계단에 앉아 만든 책이나 굿즈 등을 판매하는 일이 었는데 지원을 해서 나도 하루 동안 나가 있기로 했다. 가방에 책을 담고 책방 앞에 앉아 있으니 연남동에는 정말 많은 사람이 지나다니는구나. 나의 젊음과 청춘은 대체 어떤 방식으로 저렇게 많은 사람 속에서 한 번도 어울려본 적이 없는 걸까 생각을 했다. 사람들을 어떻게 모아볼까 하다 지난 마켓에 참가했을 때 초상화를 그려주던 제작자분들이 떠올랐다. 종이에 "30초 만에 얼굴을 그려드립니다. 단돈 천 원"이라고 적어 붙여둔 뒤 A4 사이즈의 크라프트지를 4등분 해 붓펜으로 얼굴을 그려주었다. 생각보다 많은 사람이 즐거워했으며 그림을 잘 그리지 못하는데도 재밌게 이해해주었다. 책은 팔리지 않더라도 사람들 구경하자는 마음으로 가볍게 나간 자리였다.

잠시 숨을 돌리려고 멀찍이 떨어져 쉬고 있는데 머리카락을 어깨까지 기른 한 고등학생 정도로 보이는 남자아이가 테이블 앞에서 《이면의 이면》을 계속해서 읽고 있는 것을 보았다. 많은 사람이 지나다니는 연남동 골목에서 사뭇 경건해 보이기까지 하는 그 모습에 차마 다가가지 못하고 멀리서 서성이다가 슬그머니 다가갔다. 학생의 어머니께서 옆을 지키고 계셨다. 재밌어? 이거 사줄까? 물어보자 아이는 수줍은 목소리로 응, 하고 대답했다. 그가 고개를 들어 긴 머리 사이로 직접 쓰신 거예요? 하고 물어 나도 예, 대답했다. 이날 많은 사람의 얼굴을 종이에 그려주고 웃고 떠들고 농담을 하고 즐겁게 보냈으나 가장 기억에 남는 일을 꼽으라면 소란스러운 연남동의 좁은 골목에서도 조용히 오랫동안 책을 들여다보고 있던 이 아이와 그 곁에서 책을 읽는 아들을 가만히 지켜만 보고 계시던 그의 어머니를 본 일일 것이다.

《이면의 이면》, 2017

책을 만들었다는 이유만으로

처음에 책방을 지키는 동안 시간을 때우기 위해 시작했던 강의는 다른 서점에서도 몇 번 더 진행하게 되었다. 공릉동에 있는 서점이나 수원에 있는 서점에서도 나를 찾아줘서 서점 SNS를 통해 홍보 글을 올린 뒤 신청자를 모집하였다. 간단하게 책을 만드는 방법을 소개하려 했던 PPT에도 점점 살이 붙기 시작했다.

그러던 어느 날에는 메일 한 통을 받았다. 본인은 대전에 있는 한 시민단체에서 일하며 책을 재밌게 봤기에 내가 와서 강연을 해줬으면 좋겠다는 내용이었다. 메일을 읽고 한참을 당황했는데 집에서 놀던 사람이 갑자기 독립출판물을 만들었다는 이유 하나만으로 시민단체 강연 같은 것을 해도 될까 하는 생각이 들었기 때문이다. 시민단체에 대해서 잘 알지 못하나 사회운동 같은 훌륭한 일을 하시는 분들이 모인 곳이 아닐까?

그런 분들 앞에서 내가 강연이랍시고 할 수 있는 이야기가 있을까? 고민했으나 일단은 가보기로 했다.

"문학이 되는 일상, 30대 백수의 일기도 책이 된다"라는 제목으로 강연을 준비하고 어떤 이야기를 할지 계획서를 요청하셔서 작성하여 보냈다. 몇몇 질문지를 받고는 답변을 생각해보기도 했다. 강의 당일 고속버스를 타고 대전에 가는 길에는 정말 묘한 기분이 들었다. 서울을, 그것도 집 근처를 벗어나는 일도 몇 번 없던 나에게 정말 별일이 다 생기는구나. 이제는 정말 나도 뭐라도 하면서 살 수 있을까 하는 생각을 하게 되었다.

⑦ 교정 교열에 대하여

배운 것이 적어 맞춤법에는 자신이 없는데 어떻게 해야 할까 고민을 많이 했다. 블로그 글들은 인터넷상에서 편하게 썼던 글이라 의도적으로 냈던 오타와 맞춤법 실수들이 책으로 나왔을 때 어떻게 읽힐 것인가에 대한 고민도 컸다. 《봉철비전》을 참고하려 했으나 오래전에 만들어진 책이라 종이가 색이 바래 글씨가 알아보기 힘든 곳도 많고 무엇보다 수백 년 동안 여러 번 바뀐 한글 맞춤법 규정에 맞지 않아 이 부분만큼은 책의 도움을 받을 수 없었다. 어쩔 수 없이 교정에 대해서 알아보니 10페이지당 1만 5,000원을 달라고 했다. 이 방법은 포기하고 그냥 워드 프로그램의 맞춤법 검사기를 믿고 또 여러 번 반복해서 돌려보았다.

어느 제작자는 출간 전 표준 국어대사전을 옆에 두고 여러 번 맞춤법을 확인한 뒤 출판하였다고 한다. 한 권의 책이 사람들에게 다가가기 위해 얼마나 많은 노력을 기울였는지 우린 모른다. 사람들이 왜 나를 좋아하지 않느냐고 원망하고 투정 부릴 줄만 알았던 내가, 정작 사람들이 나를 좋아하게 만들기 위해 어떤 노력과 정성을 기울였던 적이 있었나. 나는 이 이야기를 듣고 다시 한번 부끄러워졌다.

전문가라 하더라도 사실 모든 맞춤법을 100퍼센트 틀리지 않는 것은 매우 어려운 일이라고 한다. 《봉철비전》의 경우 그런 점을 입증하고자 일부러 오타를 많이 냈다. 한 서점에 직접 입고를 하러 갔을 때 교정교열의 어려움에 대해 이것저것 이야기 나눴는데 사장님께서 이런 말씀을 하셨다.

"오타는 보물이죠. 보물을 찾는 재미가 쏠쏠하죠."

그렇지만 사장님, 제 책에는 보물이 너무나도 많은걸요.

이런 게 회사 일이라는 건가

취업해야겠다고 마음먹은 것은 그해 겨울 즈음이었다. 사람들을 피하고 숨어서 지내기만 하던 내가 서점을 돌아다니며 강연도 하고 마켓에 나가 사람들 앞에서 너스레도 떨고 능청스럽게 책을 팔며 대화를 나누다 보니, 어쩌면 내가 생각보다 그렇게 이상한 사람은 아닐 수도 있겠다는 생각을 했다. 어쩌면 사람들이 내가 생각하는 만큼 나를 이상하게 본다거나 또 싫어하지는 않을 거라는 생각. 좋아하거나 친하게 지내고 싶지는 않더라도 같이 있을 때 불쾌감을 느끼지는 않을 수도 있다는 생각. 일상을 영위할 수 있을지도 모른다는 이런 생각이, 살면서 다른 사람들과 자연스럽게 어울리며 지낼 수 있을지도 모른다는 생각이, 다른 사람들에게는 별것 아닌 일일 수도 있겠지만 몇 년 동안이나 아무 일도 하지 못하고 집에만 틀어박혀 있던 나에게는 너무나도 소중한 등불 같은 희망이었다. 어쩌면 나도 할 수 있을지 몰라.

이제는 인력사무소에 나가 건설현장에서 일용직으로 일하거나 아르바이트가 아닌 그럴듯한 직장에 다닐 수 있을지도 모른다는 생각을 하던 차에 아버지께서 마침 문자를 보내셨다. 남대문 쪽에 아버지 친구분이 운영하시는 사업장에서 사람을 구하는데 해보지 않겠냐는 내용이었다. 나는 해보겠다고 했다. 아버지가 알려주신 주소로 찾아가 사장님을 만나 뵙게 되었다. 커피숍에서 간단한 나의 이력을 나누었는데 미리 준비해간 이력서를 건네자 그대로 테이블 위에 뒤집어두셨다. 별다른 이야기는 없었다. 원래는 조선족 아주머니들이 주로 하시는 간단한 일이다. 지금 사정이 있어 새롭게 사람을 구하는데 마침 아버지가 아들이 일자리를 구한다고 해서 소개받았다. 성실하게 일을 배우면 나중에는 좋은 일을 시켜줄 수도 있고 회사의 운영을 맡길 수도 있다. 꿈만 같은 이야기들을 그는 건네왔다. 책도 내고 사람들 앞에서 강연도 하고 이제는 정말 나에게도 좋은 일이 생기려나 보다 생각했다. 다만 한 가지 당부하고 싶은 것은, 하고 뜸을 들인 뒤 그가 한 말은 절대 아버지 소개로 왔다는 말을 하지 말라는 것이었다. 그거야 어렵지 않은 일이에요, 열심히 하겠습니다. 감사합니다. 나는 출근 약속을 하고 집에 돌아왔다.

일은 어렵지 않았다. 안경 렌즈의 중간 유통을 담당하는 일이었는데 본사에 안경 렌즈를 주문하고 남대문 근처에 있는 수많은 안경원에 직접 배달하거나 택배로 포장 발송하는 일이었다. 50대로 보이는 과장님과 그의 부인인 대리님이 유일한 직원이었다. 한 가지 이상한 점이라면 사장님과 과장님이 직접 이야기를 나누는 것을 본 적이 없으며 서로 인사도 나누지 않는다는 거였다. 회사 내에서 대화는 오로지 대리님을 통해서만 이루어지고 있었다. 일주일 정도 이 기묘한 관계를 지켜보다 아버지를 통하여 나중에 알게 된 사실은 과장님은 사실 사장님의 막냇동생이며 서로 많이 싸워 이제는 거의 대화를 나누지 않는다. 언제라도 해고하고 싶으나 사장님은 실무에서 손을 놓은 지 오래되어 설령 그만두게 한다 하더라도 일을 가르칠 사람이 없다. 그러니 내가 어떻게든 버티며 일을 배운다면 그들을 해고하고 나에게 그들이 하는 일을 준다는 것이었다.

그놈들이 나를 잡아먹으려고 한다, 70대의 사장은 사장실로 조용히 나를 불러 내 시력에 맞는 고가의 렌즈 하나를 손에 쥐어주며 이야기했다. 어떻게든 일을 배워라. 아버지와는 이미 이야기가 다 되어 있다. 그럼 저놈들은 내가 당장 그만두게 하겠다.

사장님의 은밀한 지시를 받은 그날부터 과장님과 대리님의 모든 업무를 유심히 지켜보며 관찰하였고 집에 와서도 하나하나 공부를 하기 시작했다. 안경 렌즈의 종류와 시력에 차이에 따른 도수를 보는 방법, 비구면 렌즈의 유용성 등을 익히며 심지어는 안경의 역사와 렌즈의 발달로 보는 안경의 장래성 등을 틈틈이 익혀 조만간 찾아올지도 모르는 나의 기회를 대비하고 있었다,라면 좋았겠지만 조선족 아주머니들이 일하던 자리에 갑자기 30대의 젊은 남자가 와서 일하겠다고 하니 과장님과 대리님도 조금 이상한 낌새를 차린 것 같았다. 일을 가르쳐주라는 말에도 딱히 할 일이 없으니 가만 앉아 있으라고 하여 2주간을 멍하니 컴퓨터 모니터만 바라보고 있었다. 이런 게 회사 일인가? 이게 정말 내가 그토록 꿈꾸며 한 번쯤 해보고 싶었지만 차마 엄두를 내지 못하고 발만 동동 구르며 동경하던 회사원의 삶인가? 나는 의아했다. 보다 못한 사장님은 결국 대리님에게 나에게 무슨 일이든 시키라고 했고 나는 그때부터 안경 렌즈를 인근 안경원에 배달을 나가는 일을 하게 되었다. 어느 날은 정말이지 이렇게까지 해야 하나 생각하는 찰나, 안국역 통인시장 쪽에 있는 안경원까지 걸어서 다녀오라고 말했다. 흰 종이에다 검은 사인펜으로 이렇게 이렇게 걸어가면 된다고 굳이 적어주려는 과장님에게 지도 어플을 켜 보여주며 이렇게 가라는 거죠? 하고 보여드렸다. 왕복 한 시간 반 정도 걸리는 거리였으며 미세먼지가 매우 심한 날이었다. 왔다 갔다 한 시간이면 돼, 하는 말에 나는 이를 악물었다. 버스를 타고 다녀와 30분 정도를 회사 앞 커피숍에 앉아 이런저런 생각을 했다. 아버지의 지인이라는 70대의 노인인 사장님과 또 그와 형제면서도 대화는커녕 인사도 하지도 않는 과장님과 또 그의 부인인 대리님. 그만둬도 되는 걸까. 어떻게든 일을 구해주려고 했던 아버지의 얼굴이 떠올랐다. 내가 오랫동안 일을 하지 않던 날들에 아무 말도 하지 못하는 아버지의 마음은 무엇일까. 그놈들이 나를 잡아먹으려고 해, 하고 말하며 독기에 차올랐지만 어딘가 슬퍼 보이던 노인의 눈매와 그 눈매를 꼭 닮은 그의 막냇동생을.

회사는 오늘 아침부로 그만두었습니다

어느 날 메일을 한 통 받았다. 청파동 이재서고라는 독립서점이었는데 마침 《30대 백수 쓰레기의 일기》의 재입고를 요청해왔다. 회사 근처길래 아침 출근하면서 가방에 책을 챙겨 담았다. 회기역에서 지하철을 타고 서울역에 도착했다. 잠시 고민하다가 내리지 않고 서점이 있는 남영역으로 가서 서점에 찾아갔다. 이렇게 말을 전하게 돼서 죄송합니다만, 회사는 오늘 아침부로 그만두게 되었습니다. 나의 취업 소식을 SNS로 봤다며 어떻게 이 시간에 왔냐는 사장님의 말에 나는 답했다. 천연 벌꿀이라며 유리병을 하나 선물로 주셨다. 그냥 나오기 아쉬워 책 한 권을 추천해달라는 나의 부탁에 그가 고민하다 건넨 책 제목은 프리모 레비의 《이것이 인간인가》였다. 집에 돌아오는 지하철에서 책 제목을 들여다보며 쓴웃음을 지었다.

처음 블로그를 운영하다 공무원 책을 싸게 주겠다는 말에 넘어가 사기를 당했던 일이 생각났다. 이제는 나도 뭔가를 할 수 있다, 나도 어쩌면 많이 늦었지만 사람들이 살아가는 어떤 궤도를 지금이라도 조금씩 따라가 밟아갈 수 있지 않을까? 매일 한 치 앞도 보이지 않을 정도로 어둡기만 하던 나의 미래도 조금씩 밝아질 수 있지 않을까? 이런 마음을 가질 때마다 다짐과는 다른 방향으로 일이 풀려가는 것을 보았다. 그렇다면 이 마음 자체가 나의 오만이고 또 방자한 마음이 아닐까?

　회사를 그만두고는 뭘 할까 생각하다가 1인 출판사를 등록하기로 했다. 독립출판물과 일반 출판물의 차이 중 하나는 대형서점 입고 여부이고 대형서점에 입고하려면 ISBN이라는 국제표준도서번호와 바코드가 필요하다. 계속해서 책을 만들 생각이라면 출판사를 등록하고 ISBN을 발급받는 것도 나쁘지 않을 거라 생각했다. 출판사는 허가제가 아니라 신고제이기 때문에 누구나 등록할 수 있다. 주민등록등본과 신분증을 준비하고 따로 사무실이 없었으므로 등기부등본을 발급받아 구청에서 출판사 등록신청서를 작성했다. 등록면허세 2만 7,000원을 납부하고 세무서에 신분증과 구청에서 받은 출판사 신고확인증을 들고 가서 사업자 등록을 했다. ISBN을 발급

받아 대형서점에 유통하려는 용도가 아니더라도 독립출판을 하게 된다면 사업자 등록 여부는 중요할 수 있다. 독립서점에 위탁으로 판매하는 서점의 수수료는 대부분 70퍼센트의 공급률을 갖는다. 1만 원짜리 책을 서점에 위탁해두고 책이 판매되면 정산일에 30퍼센트의 수수료를 제외한 7천 원의 금액을 받는다. 그러나 독립출판물의 특성상 매입에 대한 증빙이 어려워 서점에서 세금 부담을 많이 갖게 되다 보니 언제부터인가는 사업자 등록을 하여 계산서 발행이 가능한 제작자에게는 공급률을 70퍼센트로 유지하고, 계산서 발행이 불가능할 경우 65퍼센트로 공급률을 낮추는 곳도 있기 때문이다.

물론 이런 이유에서는 아니었지만, 출판사 신고를 한 뒤 사업자 등록을 마쳤다. 세무서에서 받아 온 사업자 등록증을 액자에 넣어 벽에다 걸어두고는 한참을 들여다보았다. 이제는 나도 직업이 있다. 물론 얼마 전까지만 해도 회사원이라는 직업이 있었지만 이제 사업자다. 30년 넘게 나의 직업은 그저 백수일 따름이었지만 독립출판물을 만든 뒤 제작자였다가 가끔은 작가라고 불리기도 했으며 일시적으로 회사원이었으나 이제는 사업자다. 거울을 보며 혼자 인사를 하는 연습을 해봤다.

─김봉철 사업가입니다. 안녕하세요.

⑧ 책값과 출판사 등록에 대하여

책방에서 정산 시 차감하는 수수료를 책의 제작비와 일치하게 만든다. 예를 들어 200부의 책을 제작하는 데 총제작비가 50만 원이 들었다고 해보자. 1권당 원가는 2,500원이 될 것이다. 이를 책방에서 책이 팔렸을 때 제하는 수수료와 동일하게 만들어 책값을 정해보자. 책값 X 0.3 = 2,500원에서 곱하기는 옆으로 넘어가면 나누기가 되니깐 2,500원 ÷ 0.3 = 대략 8,333원. 책값을 8,500원으로 정했을 때의 이익은 다음과 같다.

매출 총액	200부 X 8,500	=	1,700,000원
제작비		=	500,000원
서점 수수료	1,700,000 X 0.3	=	510,000원
매출 순이익		=	690,000원

제작 부수가 많아질수록 단가가 낮아지니 순이익도 높아지게 된다. 그렇지만 세상에 내 책을 한 권 내놓을 수 있다는 것과 책을 읽고 재밌게 읽었다며 감사의 인사를 듣는 일은 세상의 어떤 화폐 단위로도 그 가치를 감히 측정할 수는 없을 것이다. 그래서 나는 처음 책의 가격을 1만 5,000원으로 정하였으며 지금은 고객센터에서 일하고 있다.

독립서점 입고만을 위하여 딱히 출판사를 등록할 필요는 없다. 그러나 대형서점에 입고하거나 국립중앙도서관에 한 권쯤 내 책이 들어가기를 바란다면 출판사를 등록해 ISBN을 발급받아야 한다. 출판사는 신고제이기 때문에 동일 지역 내에 겹치는 출판사명이 있지만 않다면 누구나 빠르게 등록할 수 있다. 2만 7,000원의 면허세를 납부해야 한다.

출판사 등록하기

1. 출판사/인쇄사 검색 시스템에서 겹치는 이름이 없는지 확인한다.
　검색 사이트 book.mcst.go.kr/html/main.php

2. 구청 문화/체육 관련 부서에 신분증, 주민등록등본, 사업장 매매계약서 혹은 사업장 임차계약서를 가지고 찾아간다. 사업장이 따로 없다면 자택으로 해도 무방하다. 구청에 구비된 신고 신청서를 작성해 제출하면 보통 일주일 안에 출판사 신고확인증과 함께 면허세 납부를 위한 지로 용지를 하나 준다.

3. 세무서에서 사업자 등록을 한다. 사업자 등록신청서를 작성해 출판사 신고확인증, 신분증, 사업장 계약서(자택일 경우 제출하지 않아도 됨)를 제출하면 사업자 등록증이 발급된다. 출판업은 면세업이기

때문에 부가가치세 면세사업자로 등록한다. 물건을 거래할 때는 10퍼센트의 부가세가 붙게 되는데 과세, 면세를 구분하는 기준은 이 부가세 납부 여부에 따라 나뉘게 된다. 당연히 사업소득은 따로 납부를 해야 한다. 발급받은 사업자 등록증은 액자에 넣어 벽 한편에 걸어둔다.

4. 서지정보 유통지원 시스템에서 ISBN을 신청한다. 도서 번호와 바코드를 받을 수 있다. 바코드는 책 뒤표지에 넣는다.

등록 사이트 seoji.nl.go.kr/index.do

3부

저랑요? 대체 왜요?

집 근처 독립서점인 아무책방에서 연락이 왔다. 사장님과 이런저런 이야기를 나누는데 서점을 봐줄 사람을 찾는다는 이야기를 했다. 딱히 할 일도 없었고 서점을 며칠 봐준 경험이 있었으나 정기적으로 서점을 지켜본 적은 없었기에 해보겠다고 했다. 뭔가 서점에 간접적으로나마 도움이 되는 일을 하고 싶어 이런저런 워크숍을 진행해보기로 했다. 처음에는 독립출판물 강의를 했고, SNS 계정으로 홍보에 대해 이런저런 고민을 해본 뒤에는 그동안 인사를 나눴던 독립출판물 제작자들을 초청하여 진행하기로 했다. 1인 출판사를 등록하여 동화책을 만드는 작가님과 하는 동화책 만들기 수업이나 흔히 엽편 소설이라 불리는 초단편 소설집을 만드는 작가님과 초단편 소설 쓰기 수업을 진행하기도 했으며, 여성 잡지 제작에 참여하는 선생님을 모시고 페미니즘 강연을 진행하기도 했다. 서점에서 강연할 때는 아무 생각 없이 시간 맞춰 가기만 하면 됐는데 막상 강연들을 기획해보니 홍보해서 사람을 모으거나 참가비를 관리하는 등 생각보다 신경 써야 할 일이 너무나도 많았다.

　그러던 와중에 광화문 세종 문화 회관 뒤뜰에서 열리는 소소마켓에 참가하게 되었다. 낯을 많이 가리고 수줍음을 많이 타는 성격이지만 마켓에 참여하면 어떻게든 책을 팔려고 노력하는 편이다. 이는 김현경 씨와 같이 나갔던 소소마켓에서 더쿠라는 필명으로 활동하는 고성배라는 분의 이야기를 들었기 때문이기도 하다. 더쿠는 대기업 건설회사에 다니다가 독립출판물 잡지를 만들고 또 무속인들의 인터뷰집을 모은 《무》, 《동이귀괴물집》 등의 더쿠 문고를 제작하는 분이다. 독립출판에서는 독보적인 존재이며 《검은 사전》은 텀블벅에서 1억이 넘는 금액을 모금하여 국내 유명 일간지에 소개되기도 했다. 언리미티드 에디션이라는 마켓에 더쿠와 같이 나갔을 때 그가 몇 시간 동안 자리에 한 번도 앉지 않으며 정말이지 전투적으로 책을 판매하는 모습을 보았다고 했다. 그동안 나는 마켓에 나가면 쑥스럽고 민망해서 고개도 제대로 들지 못하고 지나가며 물어봐도 퉁명스럽게 대답하거나 제가 쓴 글 아니에요 하던가 했는데 이때 좀 많은 반성을 하게 되었다. 이런 마음으로 나간 소소마켓에서도 도저히 나는 장사와는 거리가 먼 것 같다는 생각을 하고 있는데 어느 여성분께서 《이면의 이면》을 구입해주셨다. 감사합니다. 수줍게 인사하는데 말을 걸어오셨다. 저는 사실 작가님 책을 사러 온 것은 아니고요, 하는 말에 뭐지 또 내가 뭔가를 잘못했나 아니면 혹시 나를 혼내주러 온 건가 하는데 말을 이어가셨다.

ㅡ출판사에서 나왔어요. 작가님과 책을 내보고 싶어요.

디자인 이음의 대표님이셨다. 나는 그저 취미로 일기를 쓰다가 우연히 독립출판물을 만들었을 뿐인데 출판사를 통해 책을 낼 수 있는 사람이라는 생각을 해본 적이 없으며 나와는 다른 세계에 사는 사람들의 이야기라고만 생각했다. 저요? 아니 저랑요? 아니 저한테 말 거신 거 맞으세요? 대체 왜요? 제 책을 읽어보셨어요? 대표님은 반문에도 웃으며 대답하셨다. 언제 한 번 연락드릴게요, 하고 떠나셨는데 나는 그저 그냥 하는 말일 거라고 웃어넘기기로 했다.

출판사의 출간 제의

출판사에서 처음으로 출간 제의를 받은 것은 일주일에 하루 이틀쯤 책방에 나가며 나머지는 집에서 빈둥대던 시절이었다. 자전거를 타고 책방에 가서 읽고 싶은 책들을 꺼내 읽었다. 어느 날 메일을 하나 받게 되었다. 파주에 있는 한 출판사의 직원이며 만나보고 싶다는 말을 해 왔다. 나는 주말에 나가는 서점에서 딱히 할 일도 없었기에 그럼 서점에서 뵙자고 답장했다.

그동안 다른 독립출판물 제작자들이 출판사를 통해 책을 내는 일들을 간혹 보고는 했으나 나와는 전혀 관련이 없는 일이었다. 출판사에 투고해봐라 같은 조언을 들을 때마다 그냥 지나가는 말로 하는, 나의 불투명한 미래에 한 줌의 희망이 될 법한 이야기를 해준 거라고 생각하며 넘겼다. 출판사에서 나온 분을 눈앞에서 보고 있자니 도무지 무슨 말을 해야 할지 감도 잡히질 않았다. 그가 가방에서 내가 만든 책을 꺼낼 때는 정말 쥐구멍에라도 숨고 싶은 기분이었다. 에세이를 함께 내고 싶다. 책을 재밌게 본 편이며 출판에 관한 일이 아니라도 좋으니 만나서 이런저런 이야기를 나눌 수 있으면 좋겠다던 그가 보낸 메일이 생각이 났다. 그저 또 그냥 나를 마냥 신기하게만 여겨 어떤 사람인지 구경을 하러 온 것은 아닐까? 하는 의심이 있었던 것도 사실이다. 그렇다면 나도 이런 취급에는 더이상 참을 수 없다. 가급적 무례하기로 마음을 먹고 평소에는 사람을 만나면 90도 가까이 하던 인사도 60도 정도로 줄였다. 파주에 있는 한 출판사의 임프린트, 임프린트라는 말도 이때 처음 들어보았는데 일종의 자회사 같은 개념인 것 같았다. 주로 인문사회 계열의 책을 출판하는 이 출판사에서 왜 나를 보려고 하는 것인가에 대한 의문이 일었다. 나는 그가 하는 말을 가만히 들어보았다.

기성출판사도 조금씩 독립출판 쪽에 눈을 돌리고 있다. 현재 두세 곳의 출판사에서 독립출판물을 기성출판물로 만들어서 출간하거나 독립출판물을 만든 작가들의 책을 출간하고 있지만, 다른 출판사에서도 눈길을 돌리고 있다. 자신은 정식 편집자는 아니지만, 대표님 눈에 우연히 띄어 출판사에서 일을 시작하게 된 인턴이라고 밝혔다. 일을 시작한 지는 두세 달 정도 되었고 조금씩 하고 싶은 일을 찾아가던 중 내가 만든 책을 편집하여 출판해보고 싶다는 생각에 대표님을 찾아갔을 때 우연히 그의 서가에 꽂혀 있는 나의 책을 발견했다고 했다. 그래? 그럼 한번 만나서 이야기를 해봐,라는 대표님의 말에 나에게 연락을 취해 찾아오게 되었다.

— 정말 제 책을 내주시는 건가요?

나는 물었다. 아무래도 기분이 얼떨떨했고 출판사에서 나를 알고 있으며 만나기 위해 약속을 잡는다는 것이 도무지 믿기지 않았다. 그는 대표님에게 허락을 받고 왔으니 책은 나올 수 있다, 원한다면 계약서를 미리 보내주겠다는 말을 했다. 아니에요. 그럼 저도 한번 해보고 싶어요. 감사합니다.

원고를 보내 달라는 말에 다시 컴퓨터 앞에 앉았다. 처음 《30대 백수 쓰레기의 일기》를 만들었던 원고와 블로그에 있던 추가 글들을 모아 메일로 첨부하여 보냈다. 그 뒤로도 두세

번 정도 카페에서 만나 그가 생각하는 편집의 방향 같은 것을 들었다. 나는 내가 생각하는 책의 방향을 설명했고 그도 동의하는 것처럼 보였다. 정말로 출판사를 통하여 내 책이 나올지도 모른다. 물론 독립출판물을 만든 뒤 기성출판사를 통해 책을 출간하는 일이 독립출판의 목표가 될 수 없으며, 되어서도 안 된다. 이는 독립출판이라는 하나의 살아 숨 쉬는 세계를 단순히 기성출판계의 서브컬쳐쯤으로 치부해버리는 일이다. 기성출판의 대안이라고 하면 오만하게 보일 수 있겠으나 단순히 하위문화 정도로 취급한다면 그 속에서 이 세계를 지키기 위하여 오랫동안 가꾸고 일궈온 분들에 대한 결례일 것이다. 그렇지만 독립출판을 하고 그 뒤로 출판사를 통해 책을 만드는 것이 나와 내가 쓰는 글에 대한 하나의 인정이자 길게는 10년 넘게 독립출판을 지켜온 분들에 대한 하나의 성과로 작용할 수 있지 않은가 싶다. 물론 나라는 개인에게는 엄청난 성취와 영광이며 또 궁핍하기만 한 생활에 일종의 경제적인 여유를 불어넣어 주는 일임에는 분명하다.

　—정말 제 책이 나오는 것이 맞나요?
　—그럼요. 못 믿으시겠으면 계약서 먼저 쓰시겠어요?

—아니에요. 괜찮아요.

　이쯤 반복을 했으면 어느 정도 눈치챘겠지만, 이 출판사를 통해서는 결국 책이 출간되지 않았다.

　왜인지 이유는 아직도 알 수 없다. 독립출판 쪽에서는 반짝하고 잠시 사람들의 눈에 띄어 그럴듯한 글로 보였으나 막상 만들려고 보니 시장성이 없어 보였기 때문일까? 아니면 그저 비참하게만 보이는 나의 삶에 잠깐이나마 어떤 희망을 보여주고 싶었을까? 그러고 나서 결국 희망 같은 것은 없다는 것을 알려주려 한 것은 아니었을까? 우습게 보였던 걸까? 내가 쓴 글이, 내가 살아온 삶과 또 내가 잠시나마 가지려고 했던 그 작고도 소중한 희망들이.

—말씀드리는 것이 늦었습니다. 얼마 전 회사를 그만두게 되었습니다.

　한 통의 문자를 받고 나서 한참을 고민하다가 답장을 보냈다. 그동안 고생 많으셨습니다. 감사합니다. 이후로 그 출판사를 통해서는 아무런 연락도 오지 않았다.

이런 건 나도 쓸 수 있겠다

구 서울역 역사에서 열린 독립출판 마켓, 퍼블리셔스테이블에 참가했다. 불과 몇 달 전까지만 해도 아버지 소개로 일을 했던 회사와 가까운 곳이라 기분이 묘했다. 마켓에 나가면 책을 팔아보자는 생각에 나도 처음에는 뒷짐 지고 가만 서 있기만 했는데, 어느 순간 깨달은 것은 테이블에 앉아 있을 때보다 내가 없을 때 더 사람들이 책을 많이 와서 본다는 것이었다. 화려해 보이는 다른 제작자들 사이에서는 아무리 애를 써봤자 주목받기 어려울 것 같았다.

비굴하자. 오히려 끝도 없이 비굴해져 버리자. 자신이 쓴 글이나 그림에 자부심을 갖고 창작자, 아티스트로서의 당당함을 내세우는 이들 사이에서 작가는커녕 그저 거렁뱅이일 뿐인 나를 드러내자. "삼 일 밤낮을 굶었습니다. 한 푼만 도와주세요." 글씨를 왼손으로 적어 테이블 위에 놓았다. 어차피 낯을 가려 테이블을 지키고 앉아 있지 않을 거라면 나의 글이나 그림을 보는 이들과 마주하는 자리에서 역으로 자리를 비워버리자. A4용지에 무인 서점이라고 적고 아래로는 책의 가격과 계좌번호를 적었다. 뚜껑이 있는 작은 플라스틱 통도 준비하여 천 원짜리를 넣어두고 잔돈을 거슬러 가는 나름의 체계적인 정산 시스템도 마련해두었다. 그리고도 혹시 사람이 올까 멀지 않은 곳에 숨어 몰래 지켜보았다. 그러다가도 계좌번호를 적어 놓았음에도 이체하지 않고 테이블에서 두리번거리는 사람들에게는 다가가 인사를 했다.

처음 보는 사람들이 책을 읽는 모습은 언제 보아도 가슴 벅찬 일이다. 젊은 사람들이 주로 올 것 같은 행사에 우연히 들른 것 같은 50대의 아저씨가 서서 책을 읽으시다가 잘 봤다고 악수와 사인을 청하며 책을 사 가기도 하셨고 자리에 멀뚱멀뚱 앉아 있는데 사람이 아무도 없는 테이블은 나뿐이었는지 어느 분이 이것저것 물어보시기에 대답했는데 알고 보니 취재를 나온 기자였다. 덕분에 코리아타임즈에 사진과 인터뷰가 "Seoul Station turns into market for independent publishers" 라는 라는 제목으로 실리기도 했다. 혹시라도 나처럼 영어가

짧은 분들을 위해 적어본다. 30대 백수 쓰레기의 일기는 영어로 "30-something Jobless Bum's Diary"라고 쓰면 되는 것 같다. 확실하지는 않으니, 것 같다 정도로만 하자. 잘 알지 못하는 일은 확신을 갖고 말하면 안 되는 법이다. 세상 모든 일에 대해 확신이 없는 채로 살아가지만, 이 정도는 나도 확신을 갖고 말할 수 있다. 직접 테이블에 앉아 지나가는 사람들에게 책을 읽어보라고 말을 걸 수는 없어도 그저 멀리서 사람들이 지나다니며 내가 테이블에 적어둔 문구들을 보고 웃고 지나치는 것만으로도 나는 즐거웠다.

간혹 마켓에서 부정적인 시선들을 마주치기도 한다. 이런 것도 책이야? 이 돈 주고 이걸 사느니 차라리 일반 서점에서 너한테 도움이 되는 책을 사. 이런 건 나도 쓸 수 있겠다. 나도 예전에 이런 거 하려다가 말았는데. 정말 놀라운 것은 이런 말들을 만든 사람이 눈앞에 앉아 있는데도 직접 한다는 말이다. 이는 오래도록 사람들에게 무시를 당하고 살아온 나뿐만이 아니라 다른 제작자들도 종종 겪는 일인 듯하다. 이 정도는 나도 하겠다. 너도 심심하면 집에서 책이나 만들어봐. 아마도 이런 말을 눈앞에서 거리낌 없이 하는 분들은 일종의 손님, 혹은 관객의 입장이며 바로 앞에 직접 책이나 그림을 만들어낸 사람이 있다 하더라도 이를 소비할지도 모르는 사람의 당당한 권리라고 생각하는지 거리낌 없이 말한다. 하지만 한 가지 생각해주었으면 하는 일은, 물론 내가 쓰는 글들은 정말이지 그 누구라도 쓸 수 있는 가볍고 하찮은 글들이며 잠시 집중하는 것만으로도 이보다 잘 쓸 수 있겠지만, 다른 분들이 만든 글들까지 그렇게 보는 것은 좀 너무하지 않은가 싶다. 타인의 노력을 비웃는 이들이 정작 살며 그리 큰 노력을 기울이는 것을 본 적은 없다. 단지 그 세계에 직접 발을 한 발자국이라도 디뎌보지 않았기 때문에 하는 말이다. 마치 신발을 벗고 발을 담가보기 전까지는 그 물의 깊이가 얼마나 깊은지, 또 그 속에 어떠한 삶들이 숨어 있는지 알 수 없는 것처럼.

계약서는 함부로 도장 찍는 거
아니랬어요

　3일간의 마켓을 마치고는 한 서점에서 우연히 강연을 할 기회가 있었다. 강연하던 중 전화가 와서 양해를 구하고는 잠시 밖에 나가 받았다. 얼마 전 소소마켓에서 뵈었던 출판사 대표님이었다.

　—잘 지내셨죠?
　—어, 예, 안녕하세요.
　—저희랑 책 한 권 같이 내셔야죠?
　—네?

　독립출판 작가들을 모아 한 권의 책을 만든다. 어떻게 글을 쓰기 시작했는지, 글을 왜 쓰는지, 글을 쓰는 일에 호기심이 있지만 더불어 어떻게 다가가야 할지 몰라 고민하는 이들에게 도움이 되는 책을 기획 중이라고 하셨다. 독립출판에서 유명한 작가님들의 이름을 말씀하시며 이런 분들이 함께 참여할 거라고 말했다.

지금에서야 다시 한번 밝히지만 처음 독립출판물을 만든 이후로 나는 줄곧 독립출판계의 신성이나 살아 있는 신화, 혜성처럼 등장한 루키 등으로 불리고는 했다. 하지만 이건 그냥 내가 장난처럼 보낸 입점 제안서에 담긴 문구를 몇몇 서점에서 재밌게 보고 홍보 문구에 그대로 올려줬기 때문이다. 정말로 독립출판 쪽에서 글을 잘 쓰시고 책이 많이 팔리는 진짜 작가님들은 따로 있으며 나는 그저 이상하고 특이해서 사람들이 간혹 호기심을 보였을 뿐이다. 기라성같이 유명하신 분들 사이에 단순 운이 좋아 조금 이름을 알렸을 뿐인 나에게 제안을 하는 것이 의아하였다. 저를요? 왜요? 책에 대한 간단한 설명을 듣고 조만간 직접 만나서 이야기하자고 하셨다. 다시 서점으로 돌아와 강의를 하는 와중에도 나는 기분이 얼떨떨하였다.

얼마 뒤 출판사가 있는 북촌으로 찾아갔다. 대표님과 같이 이야기를 했다. 계약서를 보여주시기도 하였다. 태어나서 처음으로 본 출판사의 계약서였다. 엄마가 계약서는 함부로 도장 찍는 거 아니랬어요, 하고 말했지만 엄마 말을 잘 듣고 살았더라면 내가 지금 이러고 있지는 않을 테지. 그 자리에서 바로 사인했다. 책의 제목을 쓰고 페이지마다 서명한 뒤 한 부씩 나눠 가졌다. 마지막 장에는 이름과 주소, 주민등록번호와 계좌번호를 적었다. 정말로 저도 같이하는 게 맞나요? 출판사에 대한 의심이 아직 남아 있었고 나에게는 찾아오지 않을 기회라고 생각했기에 몇 번을 되물었다. 그럼요, 계약서 지금 쓰셨잖아요. 집에 돌아오는 길 대표님에게 다시 여쭈어보았다. 저 진짜 유치하고 이상한 거 쓸 건데 그래도 괜찮으실까요? 그럼요.

디자인 이음에서 출간된 《당신의 글은 어떻게 시작되었나요》는 이렇게 시작되었다. 나는 이 책에 "안녕하세요, 김봉철입니다"라는 제목으로 글을 썼다. 제목을 이렇게 지은 이유는 이름만 대면 누구나 알 수 있는 독립출판에서 유명하신 분들 사이에서 나는 아무도 모를 것 같다는 생각을 했기 때문이다. 이 책이 실릴 글을 쓰기 전 나는 대표님에게 유치하고 이상한 글을 쓰겠으며 무조건 실어주셔야 한다고 부탁드렸다. 그야말로 나의 치기 어림을 있는 그대로 다 드러낸 글이었는데 이는 내가 이 책에서 해야 할 역할이 명확해 보였기 때문이다. 만화 슬램덩크에 보면 고등학교 3년 동안 농구부 주장으로서 팀을 지켜왔던 채치수가 슬럼프를 겪는다. 강백호, 서태웅 등 갑자기 들어온 천재적인 신입 부원들 속에서 그동안 에이스 역할을 도맡아 왔던 자신의 위치에 혼란이 왔기 때문이다. 그때 오랜 라이벌이었지만 그에게 패배한 이후 요리사의 길을 걷기로 한 변덕규가 찾아와 농구장에서 무를 깎으며 이야기한다. "너는 가자미다, 도다리가 아니다." 화려하거나 기품이 있지 않더라도 묵묵히 다른 이들이 반짝이도록 받쳐주는 역할을 해야 한다는 의미가 담긴 이 조언을 듣고 채치수는 다시 멋지게 부활한다. 글을 쓰며 나는 줄곧 스끼다시, 아니 이들의 화려함을 더욱 돋보이게 만들어 줄 횟감 밑에 깔린 하얀 천사채 같은 나의 위치를 줄곧 명심했다.

독립출판에도 이런 사람 한 명쯤은

독립출판물을 단행본으로 만들어 출간하는 시리즈인 청춘 문고에도 참여하기로 했다. 만들었던 책 중 《이면의 이면》의 원고를 정리하여 보냈다. 이면의 이면이라는 제목을 생각할 때마다 느끼는 것은 독립출판이 기성출판에 대한 하나의 이면이라면 나는 그 이면에 대해서도 또 이면이 아닐까 하는 것이다. 부정에 부정을 더한 이중 부정은 긍정의 의미를 갖는다지만 이면에 대한 이면은 또 하나의 다른 이면일 뿐이다.

나는 몇 년간을 독립출판에 애정을 갖고 내가 할 수 있는 일을 해보고 싶었으나 왠지 모르게 겉도는 듯한 묘한 소외감을 남몰래 지니고 있었다. 이는 내가 살며 어디에든 제대로 소속되지 못하며 느껴왔던 감정이다. 이를테면 독립출판에도 이런 사람이 한 명쯤은 있어야 한다는 말을 들을 때나 다른 제작자들과 잘 어울리지 못하거나 할 때 자격지심과 열등감이 섞인 이런 감정들을 느끼고는 했다. 청춘문고를 통하여 내가 만든 책이 출간되는 일은 어느 정도 나의 이런 못난 마음들을 가라앉혀 주었다. 다시 출판사를 찾아가 계약서를 쓰고 작고 예쁜 단행본의 형태로 책이 출간되었다.

청춘문고 출간 뒤, 디자인이음에서 운영하는 북촌의 베어 카페에서 진행된 플리마켓에 참여했다. 청춘문고 시즌 3에 참여한 작가들이 각자 돌아가며 한 시간가량 강연하는 자리였다. 나는 뭐를 해야 하나 고민하다가 글쓰기에 대한 이야기는 일단 글을 잘 못 쓰는데 할 수 없었고, 책에 관해서 이야기한다면 아무도 안 올 것 같았기에 다른 것을 생각해내야 했다. "2017년 독립출판계에 혜성처럼 등장하여 이름을 널리 알린 《30대 백수 쓰레기의 일기》의 김봉철 / 3년간 단 76권의 책밖에 팔지 못하였으나 어떻게 그는 유명해져 출판사에서 책을 낼 수 있었나 / 2017~2019 독립출판계 시장 분석을 통한 마케팅 전략 수립 / 실전 출판 기획"을 주제로 마케팅 강의를 하기로 했다.

초반에는 경영학과 1학년에서 배울 법한 마케팅 원론 수준의 4P나 SWOT 분석들을 이용하며 뭔가 전문적인 강의인 척했으나 이런 게 오래갈 리 없다. 독립출판에서 해마다 유행하는 표지 색깔이나 제목 짓는 법, 17년도에는 퇴사, 여행기가 유행했고 18년도에는 우울증에 관한 책이나 그림, 만화로 그려진 책들이 유행했으며 19년도 이후에는 아마 각자가 가진 이런저런 질병들에 대한 자기고백적인 성격의 글들이 유행할 것이라는 나름의 확신을 가진 분석을 이야기했다. 그래서 나도 내가 가지고 있는 우울증이나 공황장애 혹은 다한증에 대해 글을 준비 중이라고 했으나 그 뒤로 1년이 지난 지금도 단 한 줄도 쓰지 못했다.

정해진 한 시간 정도의 이야기를 마치고 마무리를 할 차례였다. 준비해간 PPT의 마지막 장에는 한 줄의 문장을 적었다. 이 페이지를 보여주기 전에 강의를 듣고 있던 10여 명의 사람들에게 간곡히 부탁했다.

─오늘 와주셔서 감사합니다. 이다음 장에 뭔가 한 줄이 쓰여 있을 건데 보자마자 여기 쓰인 대로 해주셨으면 좋겠어요.

사람들은 호기심이 가득한 눈길로 PPT가 영사되고 있는 스크린을 바라보았다. 나는 다음 장으로 페이지를 넘겼다. "열화와 같은 박수와 환호 부탁드립니다." 사람들은 의아해하다가 서로 쳐다보고는 웃으며 함성을 지르고 박수를 크게 쳐주었다. 나는 먼저 나가보겠다며 자리에서 일어났다. 문을 열자 밖에서 마켓을 구경하러 온 사람들이 대체 왜 저 안에서 박수 치고 함성을 지르나 궁금했는지 기웃거리며 쳐다보고 있었다. 나는 다시 고개를 돌려 강의를 들었던 사람들에게 말했다.

　　─감사합니다. 제가 생각하는 마케팅은 이런 거예요.

입고 및 판매에 대하여

계획했던 판매 방식은 두 가지였다. 하나, 블로그/인스타그램 등 SNS로 직접 판매한다. 둘, 독립서점에 입고하여 판매를 위탁한다.

하나의 방식은 블로그에 책 소개를 올리고 이름과 주소, 연락처를 비밀 댓글이나 카톡으로 받아 택배로 보냈다. 개인이 소량으로 출판한 책을 위해 택배회사와 계약하는 것은 쉽지 않을 것 같아 편의점 택배를 이용했다.

CU, GS25 사이트에서 미리 주소를 입력해두면 편의점에서 쉽게 택배를 보낼 수 있다. 비용은 무게나 거리에 따라 달라지는데 2,600원부터 시작해 가장 저렴한 편이다. 많이 이용하면 가격 할인 혜택이 주어지고 소시지나 도시락 같은 사은품도 가끔 준다. 단, 제주도/우도는 거리에 따른 추가 비용이 없는 우체국 택배를 이용하는 것이 가장 저렴하다.

CU 택배 사이트 cupost.co.kr

GS25 택배 사이트 cvsnet.co.kr

둘의 방식은 독립서점에 입고하는 것이었다. 전국에 있는 독립서점을 검색하여 이메일로 입점 제안서를 보냈다. 긍정적인 회신이 온 곳에는 가급적 직접 방문을 하여 입고했고 먼 곳은 택배로 보냈다. 보통 다섯 권에 샘플 한 권을 요구하는 곳이 많다. 정산은 보통 2~3달에 한 번씩 이루어진다. 직접 방문 시에 간단한 계약서를 쓰는 곳도 있고 대부분 따뜻하게 차 한잔을 대접해주시기도 한다. 다들 책이 좋아 책을 가까이하며 살아가는 분들이라 다정하게 맞아주신다.

입고 제안을 거절한 책방들도 많다. 사유는 책방에 공간이 부족하여 가려서 받고 있다, 책방 성격과 맞지 않는다, 등등이었다. 가장 마음이 아팠던 건 아예 답장이 없는 서점보다 책방 성격과 맞지 않는다는 답변이었다. 나는 살면서 누구와도 성격이 맞아본 적이 없고 언제 어디서나 어색하고 불안했다. 그런 내가 낸 책마저 사람들에게 그런 취급을 받는 것이 괴로웠다. 그러나 3,000명이 넘는 제작자들이 있고 모든 제작물을 받을 수는 없어 서점 사장님들도 많은 고민을 하신다는 것을 알게 되었다. 나를 드러내고 싶어 만든 게 내 책이라면 독립서점은 서점 사장님들을 드러낼 수 있는 공간이다. 그 공간과 책이 맞지 않았을 뿐이다. 사람과 사람이 맞지 않았던 것이 아니다. 1년 사이 이렇게 내가 또 한 걸음 성장했다. 거의 어린아이들이 말 배우는 빠르기로 사회생활을 습득 중이다.

마음에도 파쓰를 붙일 수 있었으면 좋겠어

주말마다 나가서 자리를 지키던 책방 일을 그만두었다. 무슨 일이든 다시 해봐야겠다는 마음으로 인력사무소로 찾아갔다. 오랜만에 보니 소장님이 나를 반기는 눈치였고 몇 번 일을 같이 나갔던 아저씨들도 계셨다. 승합차를 타고 나가 서울 근교에 건설현장에서 며칠 일했다. 어느 날, 다름없이 인력사무소에 나가 함께 차에 타는데 갑자기 숨을 못 쉴 것 같은 느낌이 들었다. 공황장애가 처음 생긴 것은 언제인지 모르나 가끔 지하철이나 버스에 타서 사람들이 가득 차 있으면 몸을 움직일 수 없다는 생각, 지금 여기서 당장 내릴 수 없다는 생각에 휩싸여 벗어날 수 없었다. 갈아입을 옷과 장비가 든 가방을 품에 안고 옴짝달싹하지 못한 채로 한 시간 넘게 차를 타고 가야 한다는 생각이 들자 갑자기 다시 공황이 찾아왔다. 숨을 쉴 수 없었고 머리에 산소가 부족하여 뇌세포들이 날뛰기 시작했다.

잠시만 내려달라고 하자 운전석에 앉은 분은 지금 출발해야 늦지 않는다며 그럴 수 없다고 했다. 내릴 수 없다는 생각이 들자 다른 생각을 할 수 없어 더욱 미칠 것만 같았다. 사정사정하여 차에서 내렸고 다음에 다시 오겠다며 자전거를 타고 집으로 발걸음을 돌렸다. 새벽녘, 안전모를 손에 든 채로 등에는 가방을 메고 집으로 돌아오는 길. 너무나도 비참했다. 정말 최후의 보루이며 어쩌면 나도 할 수 있을 것 같던 일, 어떠한 경력도 학력도 없는 내가 평생을 헌신하며 삶의 경제적 기반이 되어줄 수 있을지도 모른다고 생각했던 일. 일용직을 더 이상 정신적인 결함 때문에 나갈 수 없을지도 모른다는 생각에 괴로웠다. 며칠 동안은 다시 일을 나가야지 하는 생각에 새벽에 일어났지만 결국 두려움에 일을 나가지 못했다.

이때의 괴로움을 기반으로 독립출판물을 하나 더 만들기로 했다. 세상에는 마음이 아픈 사람들을 위한 책들이 많이 나온다. 너는 할 수 있어, 네 잘못이 아니야, 언젠가는 너도 멋지게 살아갈 수 있을 거야 하는 위로가 아닌 정말로 마음에 도움이 되는 책을 만들고 싶었다. 그렇게 만든 독립출판물 《마음에도 파쓰를 붙일 수 있었으면 좋겠어》는 독립출판에서 어떠한 반

향도 보이지 못한 채로 처참하게 망했다. 내가 내린 이 실패에 대한 분석은 이러하다. 내가 나 아픈 것도 어쩌지 못하는데 다른 누구를 어떻게 위로할 수 있겠어. 오히려 더 아프게 하지나 않으면 다행이지.

《마음에도 파쓰를
붙일 수 있었으면 좋겠어》, 2018

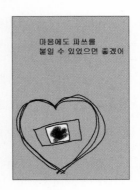

먹고살려고요

신간의 실패와 언제든 할 수 있는 일이라고 생각했던 인력 사무소에 나갈 수 없게 되자 뭐라도 할 수 있는 일이 있으면 해봐야겠다고 생각했다. 아르바이트 어플을 보다 고객센터 일자리에 지원하게 되었다. 가끔 왜 이런 일을 하느냐, 혹은 소재를 얻기 위해 이상한 일을 하느냐고 묻는 분들이 있는데 나는 이런 질문들이 오히려 의아했다. 먹고살려고요. 저도 어떻게든 일을 해서 먹고살아야 하지 않을까요? 집 근처 고객센터에 면접을 봤다. 빈곤하기만 한 나의 이력서를 들여다보다가 몇 가지의 이력을 적었다. 지금까지 뭐 하셨어요? 하는 질문에 고민하다 몇 년 동안 책을 만들었어요, 대답했다. 이렇다 할 이력도 경력도 없이 살아왔다고 생각했지만 그래도 집에서 놀기만 한 것은 아니구나, 나는 생각했다. 합격 통보를 받고 1~2주 정도 교육받은 뒤 본격적으로 고객센터에서 일하기 시작했다.

고객센터 상담사로 일하며 처음에 가장 곤란했던 부분은 놀랍게도 글쓰기에 관한 일이었다. 수화기를 통해 들리는 고객의 말들을 상담의 이력으로 정리하는데 팀장님에게 자주 불려갔다. 상담사에게는 상담사의 언어가 있어요. 이렇게 쓰면 다른 사람이 읽었을 때 무슨 말인지 알 수가 없어요. 수긍, 미수긍, 오안내, 오상담, 불만, 항의, 강성, 민원. 정해진 스크립트를 반복하여 읽고 정해진 단어와 문장을 사용하여 그 상담의 내용을 적어야 하는 일은 곤욕스러웠다. 내게도 만약 문학의 언어라는 것이 있다면 이는 사람들과 어울리지 못한 채로 살아오며 생겨난 기묘하고도 뒤틀린 것일 텐데 매일 수십 번씩 같은 말을 반복하는 것이 혹시라도 나를 망쳐버리는 것은 아닐까. 나는 두려웠다.

점심시간을 이용하여 밥을 먹지 않고 이어폰을 끼고 자리에서는 책을 읽기로 했다. 기계처럼 반복해야 하는 말들과 전화를 건 사람들로부터 간혹 들어야만 했던 폭언과 욕설들로부터 나는 나를 어떻게든 지켜내고 싶었다. 어느 날 출근길 버스 안에서 다시 공황이 찾아왔다. 나는 눈을 감고 심호흡을 하며 살면서 몇 번 가본 적도 없는 바다를 떠올렸다. 당시 적었던 일기 일부를 옮겨 본다.

1.

네네네네네 대답하고는 전화를 끊었다. 통화가 뭔가 그가
원하는 대로 흘러가지 못했다. 그의 의도는 나에게로 와서 전
달되었으나 나는 그가 원하는 대응을 하지 못했다. 전화를 끊
을 때 그는 네네네네네,라고 네를 다섯 번 말했는데 그 음조는
점점 높아지고 억양은 강해졌다. 마치 드래곤볼에서 손오공이
에네르기파를 쏠 때 뒤로 갈수록 성조가 강하고 높아지는 것
처럼이라고 말하고 싶은데 이건 너무 오래된 비유일지도 모르
겠다. 얼마 전 시 모임에서 신비한 문체를 봐서 좀 신기했었는
데 다른 곳에서 비슷한 문체를 봤다. 이것도 요새 유행하는 하
나의 흐름일지도 모르겠다. 책을 너무 읽지 않으니 이러한 흐
름도 모르는구나. 나는 그것을 흉내 내보기로 했다.

저의 말이 당신에게 와닿고 있습니까? 강하게 말해보아도
닿지 않는 것은 마음이 부족한 까닭은 아닙니다. 어조와 음성
은 충분히 높아지고 있습니까? 목청이 울릴 정도로 소리 질러
보아도 전달되지 않는 것은 이미 그보다 높은 벽이 당신에게
쌓여 있는 까닭은 아닙니까?

어제의 우산은 한쪽 살이 부러져 내려앉아 있었습니다. 내
리는 눈을 막을 수는 있어도 사람의 마음은 막지 못하는 법입

니다. 회사를 향해 가는 버스에서 사람이 가득 차오를 때마다 저의 심장은 더욱 빠르게 뛰어 불안을 자극하고 있었습니다. 몸을 옴짝달싹하지 못하게 되어갈수록 저는 내리지 않으면 미쳐버릴 것 같다는 마음에 벨을 눌러 회사에 가는 저를 막아내고 싶었습니다. 눈을 감으면 찾아오는 것은 더 깊은 암흑입니다. 버스 안은 이미 인파로 가득합니다. 저는 창밖을 바라보며 바다를 생각했습니다. 공황이 찾아올 때면 저는 바다를, 넓은 망망의 대해를 생각해보고는 합니다. 파도는 한 점 없어야 합니다. 이미 저의 마음속에는 수많은 파도가 저를 몰아치고 있기 때문입니다. 잔잔하다고 하여 모든 것이 평화로운 것은 아닙니다. 이미 높은 파도가 모든 것을 쓸어버리고 난 이후이기 때문입니다. 때문입니다. 저는 최근 이 말을 자주 사용하는 것을 깨달았습니다. 무엇을 이다지도 변명하고 싶은 것일까요. 어제의 우산은 한쪽 살이 부러져 앞을 가리고 있었습니다. 저는 사람들이 제 얼굴을 볼 수 없게 되어 다행이라고 생각해 당당히 쓰고 회사에 갔습니다. 바다에는 파도 한 점 없어야만 합니다. 모든 것이 쓸려져 나간 뒤에 그 정도의 보상은 있어야 합니다.

아침 여덟 시까지는 출근하고 점심시간 한 시간에는 회사 근처 카페에 갑니다. 커피 한 잔을 시켜놓고 테이블에 엎드려서 자던가 책을 읽습니다. 지난주 어느 날 아침 제가 눈을 떴을 때 이제는 취미로라도 글을 쓰거나 하는 일은 없을 거라는 생각을 갑자기 하게 되었습니다. 왠지 모르게 아련하고 쓸쓸한 마음이 들었습니다. 어쩌면 이대로 회사에 다니고 직장 생활을 하며 내가 글을 쓰거나 책을 만드는 일을 하고 살았었다는 것마저도 망각하여 늦은 나이에 간간이 추억이라는 이름으로만 찾아올지 모릅니다. 쓰고 있던 우산을 조금 내려 얼굴을 가려봅니다. 앞이 보이지 않게 쓴 우산 위로는 추억들이 쌓여와 저를 짓누릅니다만 그리 무겁지는 않습니다. 툭툭 털어버리면 되는 일 아닙니까?

지난주에는 몇몇 분들이 블로그로 책을 구매해주셨습니다. 점심시간을 이용하여 편의점에서 택배를 발송하였습니다. 이제 《30대 백수 쓰레기의 일기》 재고는 저에게 세 권 정도가 남아 있습니다만 우산을 툭— 툭— 털어내는 것처럼 털어버리면 되는 일 아닙니까? 간간이 추억이라는 이름으로 쌓여올 때마다.

2.

오후 2시 20분경. 회사의 메신저로 전체 쪽지를 받았다. 지금부터 한 시간 동안 가장 전화를 많이 받은 사람 두 명을 뽑아 선물을 증정하겠다는 것이었다. 소변이 급하였으나 화장실 가려는 것을 참고 전화를 받았다. 그깟 것으로 사람을 몰아세우려는 것에 대해 속으로는 작은 분노가 생겼음에도 나는 소변이 방광에 차오르는 것을 참아낼 수밖에 없었다. 숨 가쁜 한 시간이 지난 후 다시 메신저로 쪽지가 날아왔다. "상품을 수령하시오." 한 시간에 28통의 전화를 받아 1등으로 홍삼을 선택해서 가져왔다. 대단해! 팀장이 말을 했다. 대단한가? 나는 생각했다. 왠지 모르게 쓸쓸한 기분이 들었다. 받아온 홍삼은 어머니에게 드렸다. 어머니는 기뻐하셨다. 어제의 점심시간에는 이런저런 생각을 하며 노트에 적었으나 집에 와서는 피로하여 아무것도 실행에 옮기지 못한 채로 침대에 누워만 있었다. 우산의 한쪽 끝을 내려, 얼굴을 가리고만 싶었다.

지금까지 김봉철이었습니다

　동서고금을 막론하고 이별이란 사람에게 있어 가장 큰 고통이며 받아들이고 싶지 않은 중차대한 사건일 것이다. 안타깝게도 나도 살며 이별을 경험할 기회가 여러 번 있었는데 한 사람과 더 이상 가까운 사이가 되지 못하게 되어버린다는 점에서 나라는 존재 자체가 통째로 부정당하는 느낌을 받는다. 이는 지독한 애정의 결핍으로 분리불안 장애가 있는 나에게는 더욱 심각한 일이 아닐 수 없는데 나의 사랑은 대부분 짝사랑뿐이어서 나의 이 철없고 어리석은 마음들은 어디에도 닿아본 적이 없다. 20대 초반, 사랑에 실패하고는 나는 곧바로 동네 구멍가게로 달려가 소주 한 병을 샀다. 이 괴로운 마음을 달랠 방법은 나를 더욱 괴롭히는 일뿐이라 믿었던 나는 곧바로 뚜껑을 따 길거리에서 한 병을 순식간에 비워낼 작정이었다. 그러나 원체 알코올을 분해하기 어렵게 태어난지라 한 모금 마시고 아 이거 안 되겠는데? 왜 이렇게 쓰냐 하고 그냥 하수구에 흘려보냈던 안타까운 기억이 있다.

술을 잘 마시지 못한다는 건 어쩌면 이별에 맨정신 그대로 맞서야 한다는 것인지도 모르겠다. 이별은 언제나 슬프고 괴로우며 시간이 해결해준다는 그저 그런 말들로 건네지는 위로들은 결국 그 길고 긴 시간을 어떻게 버텨야 하는지는 결코 말해주지 못한다. 이제는 청춘과는 멀어졌다고 생각되는 나이에 이르러도 여전히 이별은 두렵기만 한 것이니 어쩌면 이 인생을 통틀어 지내고 나서야 어쩌면 그 고통이 아무것도 아닌 게 아니었음을 깨달을지도 모를 일이다.

이토록 괴롭기 짝이 없는 이별을 하루에도 수십 번씩 겪었다. 고객센터에서 일하다 보니 잠시나마 마음을 나눴던 이들과 전화를 끊을 때의 그 괴로움은 도저히 말로 표현할 길이 없다. 이별의 방식은 다행스럽게도 정해져 있다. 감사합니다. 저는 상담사 김봉철이었습니다. 하지만 이별을 고하고자 하는 이들은 언제나 빨리 떠나고 싶어 하는 법이다. 그 혹은 그녀를 위해 나의 모든 것을 내어주었으나 아마 그 때문인지 나를 떠나려고만 하는 그들에게 나는 마지막 인사를 건네야만 한다.

이 때문에 마지막 이별의 순간에는 기묘한 긴장감이 흐르고는 하는데 네네, 하고 어떻게든 통화를 빨리 끊고 싶지만 마지막 연민으로 내가 빨리 인사말을 마치기를 바라는 이들과 끝인사를 어떻게든 통째로 밀어 넣으려는 나 사이의 벌어지는 일이다. 네~ 네~ 아 감사합니다. 저는~ 네~ 아 저는 네~~ 상담 ~~ 네~~~ 김봉…, 뚝. 마지막 끝인사를 어떻게든 건네려는 나의 마음이 사실은 월말마다 상담을 평가하는 고과 점수에서 높은 평가를 받고자 하는 욕심 때문임을 눈치채기라도 한 듯이.

매일 겪게 되는 수십 번의 이별 말고도 나를 괴롭히는 헤어짐은 또 있었다. 많은 서점에서 재입고를 거절당하기 시작했다. 책이 나온 지도 나름 오래됐고 이제는 더 이상 팔리지 않는 모양이다. 그렇지만 정말로 힘들었던 점은 우리가 왜 헤어져야 하는지 한마디 듣지도 못하고 이별해야 하는 때도 있다는 점이다. 미안해. 그동안 내가 잘못했어. 앞으로 더 잘할게. 행복하게 해줄게. 이별할 때 흔히 하는 말들을 한 번 건네보지도 못한 채로. 재고가 없다는 것을 확인하고 재입고가 가능한지 메일을 보내보아도 답장이 오지 않는 서점들을 볼 때면 나는 막막한 기분이 들었다. 내가 뭘 잘못했는지 말이라도 해줘. 내가 만든 책들을 좋아해준다고 생각해왔던 서점들에서조차 답장이 오지 않을 때면 나는 막막하여 어찌할 바를 몰랐다. 소주를 사서 마셔야 하나? 생각했지만 주량은 여전히 석 잔에서 늘지 않았다. 술에 취해 전화해볼까? 자니? 자요? 하고 문자를 보내볼까? 살면서 슬픔은 감당할 수 없을 만큼 늘어만 가는데도 주량이 도무지 늘어날 기미를 보이질 않으니 곤욕스러운 일이다. 그럼에도 가끔 SNS에 올린 게시물에 그 서점들에서 좋아요를 눌러줄 때면 나는 다시 연락해봐도 되는 걸까? 너는 나를 잊었지만 나는 아직 미련이 남아 있다고. 예전 같은 실수는 두 번 다시는 반복하지 않을 거라고. 지금이라도 내가 먼저 마지막 인사를 건네야 하는 걸까. 감사합니다. 저는 김봉철이었습니다,라고.

계약서와 시말서

퇴근길에 문자 한 통을 받았다. 이전에 책을 냈던 출판사의 마케터님이 보낸 문자였다. 다른 출판사에서 내 연락처를 물어봤는데 알려줘도 되겠냐는 내용이었다. 네 감사합니다. 답장을 보낸 뒤 전화가 한 통 걸려왔다.

출판사의 대표님이셨다. 같이 책을 내보자고 하셨다. 나는 쉬는 날을 문자로 말씀드렸다. 약속된 날에 출판사에 찾아가 책에 대해 이야기했다. 《30대 백수 쓰레기의 일기》를 책으로 만들자고 하셨다. 그 뒤로도 한 번 더 출판사에 찾아가 이야기를 나눴다. 원고를 다시 정리하여 메일로 보냈다. 계약서가 우편으로 와 서명을 하고 점심시간을 이용하여 다시 보냈다. 계약금이 통장에 들어왔다. 계약금을 받고 한참을 고민하다가 컴퓨터를 사기로 했다. 중고로 모니터와 본체를 합쳐서 50만 원 정도를 주고 구입했다. 이제는 정말 뭐가 됐든 제대로 한번 해보자. 나는 끝나지 않았다. 아직 보여줄 것이 남았다. 모두가 나를 이제는 잊힌 사람처럼 취급해도 다시 한번 남모를 오기가 피어올랐다. 이런 다짐을 했으면 좋았으련만, 그동안 노트북으로만 해오던 게임을 조금 더 큰 화면과 좋은 성능의 컴퓨터로 하고 싶었다. 그간 내가 게임을 못하는 이유를 노트북 핑계를 대고는 했었는데 막상 컴퓨터를 사고도 승률은 오르지 않았다.

회사에서는 시말서를 썼다. 전화를 걸어온 고객은 화가 많이 나 있었고 기기들을 전부 때려 부수겠다고 말했다. 아침 아홉 시부터 전화해서 화를 내는 사람에게 나는 무슨 말을 해야 할지 몰랐다. 많이 지쳐 있던 것 같다. 나도 모르게 그에게 해서는 안 되는 말을 했다.

—마음대로 하세요.

그 순간 전화상으로 묘한 기류가 흘렀다. 반말을 하며 소리를 지르고 욕설에 가까운 말을 하던 그의 분위기가 어딘가 달라졌다고 느꼈을 때, 그는 나에게 말했다.

—그래요? 후회 안 하죠? 감당할 수 있겠어요?

　전화를 끊고 다음 전화를 받고 있는데 팀장님이 찾아왔다. "무슨 짓을 했는지 알겠어요?" 두 시간 정도 업무에서 배제되어 회의실에 홀로 앉아 있었다. 두 시간 동안 아무것도 하지 않고 가만히 앉아 있다 보니 예전 남대문에서 다니던 회사의 생각이 났다. 팀장님은 A4용지 한 장을 가져다주셨다. 고객은 다시 전화해 나의 상담 태도에 대하여 강하게 항의했고 이 때문에 회사는 난리가 났으며 앞으로 내 상담을 주기적으로 본사에서 검토할 것이라고 했다. 종이에는 왜 그런 말을 했는지를 적는 시말서를 작성하라고 했다. 나는 종이 윗부분에 시말서라고 쓰고 내용을 적기 시작했다.

　금번 본인은 ○○의 사원으로서 고객센터 상담원으로 근무하며 고객의 응대에 불성실하게 임하였습니다. 이로써 회사측에 큰 피해를 입히고 근무하는 관리자분들이나 직장 동료들에게 피해 입히는 과오를 범했습니다. 저의 실수로 회사와 동료들에게 큰 피해가 간다는 것을 인지하고 깊이 반성하며 추후에는 이런 무책임한 상담을 하지 않을 것을 서약하며 이에 시말서를 제출합니다.

흰 종이에 반성의 말들을 적어 놓고 있는데 그 순간에도 내가 쓴 문장이나 단어의 선택들을 고민하는 것을 눈치채고는 이게 뭐 하는 짓인가 싶어 헛웃음이 나왔다. 이걸 본 팀장님은 내가 즐거워하고 있다고 오해를 하셨는지 달려와 말씀하셨다.

―지금 웃음이 나와요? 이게 시말서예요? 회사 안 다녀봤어요?
―네.

30대 중반의 나이에도 회사에 다녀본 적이 없다는 나의 대답에 팀장님은 조금 당황한 눈치였다. 지금이라도 아 생각해보니 한 달 반 정도 남대문에서 다녀본 적이 있습니다, 대답하려다 그러면 더 화가 날 것 같아 가만히 있었다. 고심하여 적은 문장들이 담긴 종이를 팀장님은 구겨버리고는 다시 기다리고 있으라며 회의실을 나갔다. 잠시 뒤 시말서의 형식이 출력된 종이를 건네주셔서 다시 한번 내가 얼마나 반성하고 있는지를 빈칸에 맞춰 적었다.

이렇게만 이야기하면 내가 일을 엉망으로 했다고 생각할지도 모르겠다만 나름대로는 정말 열심히 했다. 다른 사람들보다 1.5배 많게는 2배 가까이 많은 전화를 받았고 틈틈이 진행되는 프로모션을 통해 홍삼이나 샴푸 세트를 타서 집에 가져가기도 했다. 하루 여덟 시간의 근무 시간 동안 250통의 전화를 받은 날은 집에 갈 때쯤에는 목에서 말이 더 이상 나오지 않아 쇳소리가 났다. 모든 실패한 이들이 그렇듯 나름의 그럴듯한 변명은 있다. 그저 조금 지쳐 있었는지도 모른다. 전화해서 단돈 5,000원 때문에 기계를 부수겠다는 사람들이나 2,000원의 포인트성 보상을 얻기 위해 일요일 아침부터 전화해서 소리를 지르는 사람들. 얼마나 더 감당해야 하는 걸까요, 제가 살아 있다는 것을 후회하지 않을 때까지.

디자인이음을 통하여 청춘문고 시리즈에 같이 참여한 작가님들과 노들섬에서 북토크를 했다. 관객들이 질문하면 돌아가면서 대답을 하는 시간에 어느 한 분이 질문했다.

─본인의 삶을 영화로 표현하자면 어떤 장르라고 생각하시나요?

돌아가며 로맨틱 코미디, 멜로 등의 답변이 나왔다. 내 차례가 오자 나는 대답했다.

―스릴러죠. 매일의 삶이 온갖 서스펜스와 스릴로 가득하고 또 매 순간이 위협인 것 같아요. 집에서는 오늘은 어떤 반찬이 나올까 고민하는 일부터 어쩌면 밥을 먹을 수 없을지도 모른다는 불안까지. 회사에서는 어떤 미친 사람이 전화를 걸어올까, 팀장님이 또 화를 내지 않을까 고민하다 결국에는 깨닫게 되는 거예요. 어느 순간 거울을 들여다보았을 때, 누구보다도 악당처럼 보이는 제 모습을 발견하는 것을.

질문하신 분은 웃었다. 역시 스릴러라고 대답하실 줄 알았어요.

⑩ 홍보에 대하여

아무래도 독립서점을 찾는 사람들을 대상으로 판매하기 때문에 다른 홍보 방식보다는 책 표지나 제목을 눈에 띄게 하는 것이 좋다. 입소문을 통해 사람들이 관심을 갖게 만드는 것이 중요하다.

친구가 없어 SNS 같은 것을 잘 하지 않았는데 계정을 만드는 것이 좋다길래 고민 끝에 인스타그램에 계정을 만들었다. 페이스북은 친구가 없다 보니 활발하게 할 수 없을 것 같았다. 그래도 팔로우해주시는 감사한 분들이 있었다. 인스타그램을 통해 독립서점에서 메시지를 보내 직접 입고를 요청하는 경우도 있어 감사하는 마음으로 책을 입고시켰다. SNS를 통해 서평단을 모집하여도 좋고, 사람들이 인스타에 올리고 싶은 표지와 제목을 생각해보자.

독립출판물 마켓

출판사를 통해 책이 나왔다

　출판사를 통하여 책이 나왔다. 교정지가 오갔고 편집자님은 틈틈이 표지와 중간에 들어갈 일러스트를 보내주셨다. 연남동 쪽에서 한 인터뷰가 포털사이트에 올라오기도 했다. 시내에 있는 대형서점을 돌아다니며 진열된 책을 구경하고는 사진을 찍었다. 인터넷 서점에서의 판매지수를 매일같이 확인하고는 순위가 높아질 때마다 홀로 벅차 기뻐했다. 인터뷰에서 독립출판물로 만든 책이 출판사를 통하여 출간되는 일에 대해 어떻게 생각하냐는 질문을 받았다. 생각보다 많은 분이 한 권의 책을 위하여 오랫동안 노력하는 것에 놀랐고 정제되지 않은 상태의 책을 보다 많은 사람에게 다가갈 수 있도록 가꿔주는 과정을 보니 〈백종원의 골목식당〉이라는 TV 프로그램이 생각났다고 답했다.

　결론부터 이야기하자면 김봉철은 어떻게 독립출판계의 전

설이 되었나,라는 홍보 문구를 달고 나온 이 책은 독립출판계에서 철저하게 외면당했다. 애초에 호불호가 많이 갈리는 책이며 그보다 더 호불호가 많이 갈리는 사람이 나이긴 하다. 몇몇 서점에서 나와 나의 행보를 그렇게 좋은 눈길로만은 보지 않고 있다는 것도 알고 있다. 그렇지만 설마 이렇게까지 입고를 받아주지 않을 줄은 전혀 예상하지 못했다. 물론 고마운 서점에서는 출간이 되자마자 입고를 해주시고 홍보 문구를 올려주시기도 했다. 그러나 책의 출간을 SNS에 올리자 좋아요를 누르고 축하한다, 잘될 줄 알았다며 댓글을 달아준 서점들, 그동안 나름의 친분과 교류가 있다고 생각했었던 서점들에도 입고되지 않는 것을 볼 때는 조금 놀랐다. 경기가 좋지 않아서 혹은 독립서점의 특성상 기성출판물의 입고는 기피하는 경향이 있어서. 이런저런 이유를 생각해보았으나 서점들이 새롭게 입고를 하는 책들을 보니 꼭 그런 것만도 아닌 것 같았다. 책이 나오기 전부터 웬일인지 서점들은 출판사를 통해 내 책이 나온다는 것을 알고 있었으나 몇 달 동안 입고를 받아준 서점은 단 세 곳이었다. 이유라도 알 수 있었으면 좋겠어. 내가 뭘 잘못했는지.

블로그의 방문자 수는 서서히 줄어들기 시작했다. 간혹 이런저런 사람들이 연락해 오기도 했다. 책을 재밌게 읽었다. 취업을 시켜주겠다고 다가와서는 나중에 알고 보니 마음 치료나 사이비 종교에 관련된 사람이었다던가. 책을 만드는 방법이 궁금하다며 메시지를 보내와 이것저것 나름대로 알아냈던 방법들이나 인쇄소의 연락처를 알려주어 독립출판물을 만들어내자 "혼자 힘으로 하느라 힘들었네요. 하지만 뿌듯한 과정이었습니다" 하고 게시물을 올린 뒤 팔로우를 끊던 사람들. 정말로 우울증이 있는 거 맞아요? 저는 진짜 힘들고 아픈 사람인데 이런 식으로 별로 아프지도 않은 사람들이 책을 만들고 하는 거 보면 화가 나요. 이런 말을 들을 때면 나는 내가 엘리베이터를 탈 때마다 얼마나 괴롭고 답답한지와 내가 다녔던 정신과의 영수증이라도 전부 꺼내어 보여주고 싶은 마음이었다. 내가 얼마나 미쳤는지, 혼자서는 어디든 다니는 일이 힘들기만 하지만 그렇다고 또 함께는 얼마나 어렵기만 한 일인지. 매일 고객센터에서 전화를 걸어오면 사람들이 하는 욕설이나 폭언에 두렵고 또 괴롭지만 어두운 방에 홀로 누워 있을 때면 그 사람들과의 대화마저 그리워질 정도로 외로움이 많은 사람인지. 버스비도 감당하기 어려운 나의 가난과 텅 비어 먼지만 쌓여가는 잔고가 나의 이러한 추잡한 마음과 이로부터 벌어지는 모든 일의 원흉이 아닐까 두려워하는 나의 매일을.

또다시 책을 쓸 수 있을까

다시 한번 독립출판의 왕도를 이야기해보자면 왕에 오르는 길에는 두 가지가 있다. 왕의 장자로 태어나 태생부터 정통성을 부여받는 방법과 아무것도 가지지 못한 촌부의 자식이 온갖 고난과 고초를 겪은 끝에 스스로 왕의 자리에 오르는 길. 그러나 누구도 왕좌에 도전하였으나 실패한 이들에 관해 이야기하지 않는다. 이제는 정말이지 나에게 아무것도 남지 않았다. 아무것도 이루지 못한 채로 너무나도 늙고 지쳐버렸다. 마치 정답이 정해져 있는 세계에서 나는 영원히 오답인 것만 같은 소외감. 혹시나 하여 책의 소개를 SNS에 올릴 때마다 어김없이 달리는 서점의 좋아요나 축하드려요 하는 댓글들이 어느 순간부터 돌팔매처럼 느껴지기까지 했다. 나는 늙고 지쳐 한없이 어리석으니 보아라, 감히 왕을 자처한 이의 말로는 이 얼마나 추악한가.

뭔가를 더 쓸 수 있을까? 쓴다고 사람들이 읽어줄까? 다시 책을 쓸 수 있을까? 독립출판물을 만들어낼 수 있을까? 내게 그런 능력이 아직 남아 있을까? 없나? 없으면 대체 나는 어떻게 해야 하지?

퇴근하고 집에 돌아오는 길이면 다시 글을 써 봐야겠다고 생각했지만, 집에 와서 컴퓨터 앞에 앉으면 피로에 자꾸 눈이 감겨왔다. SNS에서 다른 독립출판물이 나왔다는 소식이나 어느 서점에서 누구의 책이 몇 번째 재입고 되었다는 소식을 들을 때마다 점점 작아지는 기분이었다. 글을 쓰려다 누워 잠들기 전 잠시 들여다본 SNS 속 타인의 행복들이 주는 중압감은 마치 이 우주 전체가 나를 통째로 짓누르는 듯한 느낌이었다. 내가 잠시 몸담았던 세계로 다시는 돌아갈 수 없을지도 모른다는 불안. 나는 그저 밤하늘의 별 하나를 종이에 옮겨 담고 싶었을 뿐인데 손만 뻗으면 잡을 수 있을 것만 같던 그 별들은 사실 누구보다 거대하며 또 무엇보다도 멀리 있다는 것을 깨달은 순간에는 이미 나는 모든 것으로부터 멀어져 버린 것은 아닌가.

강연 제안이 왔지만 거절하고 참가하려던 마켓에 취소하겠다고 연락했다. 마켓에서 사람들을 마주하여 웃고 이야기를 나누는 게 두려웠다. 간혹 독립출판물을 더 안 만드냐는 질문들에는 준비하고 있는 건 있는데 고객센터 일이 바빠서요, 하고 대답했지만 더 이상 사람들이 나를 좋아해줄 것 같지 않아 자신이 없었다.

내 삶을 읽고서 울고 웃어주던 사람들

블로그에 처음 글을 쓰던 시절을 생각했다. 하루에 열 명이 오면 오늘은 사람 많이 들어왔네 하고 기뻐하다가 어떻게 하면 방문자가 늘어날까 고민하던 일들. 누구도 들여다보지 않을 것 같던 내 삶을 읽고서 울고 또 웃어주던 사람들.

회사에서 상담 품질 개선을 주제로 슬로건을 공모한다는 공지가 내려왔다. 상금은 5만 원이었다. 써볼까 말까 고민을 하다가 마감일에 결국 한번 써보기로 마음을 먹었다. 휴식 시간에 백지를 꺼내어 책상 위에 놓았다. 슬로건이 무엇인지 검색해봤다. 짧은 문장으로 임팩트를 주기 위해서는 가운데 쉼표로 끊어주고 숨을 돌린 뒤 회사에서 하고 싶은 말을 하면 될 것 같았다. 다섯 개 정도를 적어 나를 미워하는 것 같던 팀장님에게 메신저로 보냈다. 저도 혹시 지원해도 될까요? 팀장님은 사고를 친 뒤 있는 듯 없는 듯 조용히 다니던 내가 오랜만에 말을 걸어온 것에 놀라신 것 같았다. 그럼요, 해보세요. 메신저로 보낸 문구들을 본 뒤 팀장님이 다가오셨다. 나는 또 상담 중 어떤 실수를 하지 않았는가를 걱정했으나 팀장님은 어깨를 두드려주었다.

―잘 썼는데? 아니 정말 잘 썼는데?

다음 날은 휴무일이라 집에서 쉬었다. 그다음 날 출근을 해서 일할 준비를 하고 있는데 팀장님이 다시 찾아와 말을 거셨다. 다른 팀장님 한 분이 슬로건을 보고 누가 쓴 건지 궁금하다고 다른 층에서도 확인하러 내려오셨었어.

―뭐 그렇겠죠. 워낙 익숙한 일이라.

심드렁한 척한 대답에 팀장님은 오랜만에 내게 웃음을 보이셨다. 제출했던 다섯 개 중 두 개의 슬로건이 현수막으로 제작되어 센터 곳곳에 걸렸다. 화장실에서 소변을 보고 있는데 갑자기 모르는 사람이 다가와 옆에서 말을 걸기도 했다. 슬로건 쓰신 분이라면서요? 네. 대학에서 문학을 전공하셨나요?

아뇨, 고졸이에요. 어느 상황에서 누구라도 어색하게 만들 수 있는 나의 타고난 재주 덕에 대화는 이어지지 않았다. 아니 애초에 모르는 사람과 화장실에서 각자 소변을 보는 와중에 무슨 말을 나눠야 했는지는 모르겠지만. 현금으로 줄 거라고 예상했던 5만 원은 대형마트 상품권이었다. 나는 이 상품권으로 회사가 끝난 뒤 소고기 2만 원어치와 샴푸 등 생필품을 사 어머니에게 드렸다. 어머니는 어디서 난 돈으로 고기를 샀냐고 물으셨지만 나는 그냥 어쩌다가 회사에서 받았다고 얼버무렸다.

전화를 하다 사람들이 화를 내고 통화가 길어질 것 같은 기미가 보이면 통화 소리를 작게 줄이고 상담의 이력을 적는 칸에 이런저런 글들을 썼다가 지우기도 했다. 타자 소리가 계속 들리자 내가 그가 하는 말을 열심히 듣고 적고 있다고 생각을 했는지 화가 조금 누그러지기도 했을 때는 나도 좀 웃었다.

회사에서 상담원이 아닌 일반 고객들을 대상으로 진행하는 특급 배송을 이용한 수기 공모전을 보았다. 참여할 수는 없었지만 글을 짧게 적어 도전, 한 마디를 남긴 뒤 메신저 단체방에 올려보았다.

달력을 샀다. 회사에선 여러 명이 같은 달력을 썼지만 나는 그녀와만 같은 요일과 시간 속에서 살아가길 바랐다. 달력은 같지만 일정은 다르게 적혔다. 나는 나의 근무일에 비어 있는 그녀의 휴무일을 보며 마음이 텅 비어 가는 느낌이었다. 선물하기를 이용해 그녀에게 선물을 보냈다. 배송 요청사항에 "사랑한다고 전해주세요"라고 적어두었으나 기사님은 그런 요구는 들어줄 수 없다고 했다. 고객센터에 전화하니 배송기사에게 전달은 해두겠으나 어려울 수도 있다고 했다. 마음은 정말 특급 배송이 어려운 걸까. 나는 그저 내가 보낸 선물이 그녀의 요일과 시간 속에 닿는 것이 가능하길 바랐다. 물건을 받고 그녀는 답장을 보내왔다.

—나도.

마음은 어쩌면 정말 특급 배송이 가능할지도 모르겠다.

글을 올린 뒤 메신저는 한동안 아무 말도 없더니 이윽고 누군가의 한 마디가 올라왔다.

—업무방입니다.

일하는 와중에 짧게 짧게 집중하여 글을 적는 그 순간들이 내게는 너무나도 소중하고 즐거웠다. 내가 글을 쓰는 일을 얼마나 어려워하면서도 또 좋아하는지. 이야기를 지어내는 순간들을 얼마나 사랑하는지를 다시 깨달았다. 다시 쓸 수 있을지도 몰라. 아무도 읽어주지 않고 무시를 당할 뿐이라도.

휴식 시간 동안 그간 말을 별로 해본 적 없는 팀원 한 명이 말을 걸어왔다.

—아까 단체방에 올리신 글 재밌게 잘 봤어요. 덕분에 일하다가 잠시 즐거웠어요.

다시 한번 해보고 싶습니다

어느 날 저녁 홍대에 있는 독립서점 gaga77page에서 연락이 왔다. 어느 출판사에서 나에게 뭐를 좀 보내주고 싶다고 하셨는데 내 주소를 알려줘도 되는지를 물어보셨다. 네, 하고 대답한 뒤 뭘 보내준다는 걸까 하고 생각해봤다. 그동안 출판사에 방문하거나 편집자님과 미팅을 했을 때는 주로 출판사에서 나온 책들을 선물로 받았었기에 이번에도 책을 보내주실 거라는 생각을 했다. 며칠 뒤 정말로 출판사에서 소포가 하나 도착했다. 박스를 열어보니 책일 거라는 생각과 달리 선물용 스팸 한 박스가 들어 있었다. 정말 오랜만에 많이 웃었다. 예전에 썼던 글 중에 어머니에게 저녁 반찬으로 스팸을 구워달라고 했는데 밥을 먹으려고 보니 스팸이 아닌 런천미트여서 삐져서 한 달 동안 가출했다는 이야기를 보고 보내주신 것 같았다.

처음 독립출판 강의를 시작했던 염리동의 독립서점이 문을 닫는다는 공지를 보았다. 나는 오랜만에 서점 주인에게 연락해보았다.

　—잘 지내셨나요, 서점이 문을 닫는다는 이야기를 보았습니다. 저에게도 의미가 깊은 서점이라 마지막으로 예전에 했던 그 강의를 다시 한번 해보고 싶습니다.
　—좋아요.

가장 빨리 한 권의 책을 쓰는 법

오랜만에 다시 강의 준비를 했다. 서점에 찾아가니 처음 독립출판을 시작할 때의 마음들이 다시 살아나는 것 같았다. 호흡을 가다듬고 강의를 시작했다. 강의가 끝나갈 무렵이면 마무리를 짓기 위해 꼭 하는 말이 있다.

─자, 지금까지 50분 동안 강의를 들었는데요. 이제 정말 책을 만드실 수 있을 것 같으신가요?

살면서 책 한 권쯤 내보고 싶다는 생각은 많은 사람이 하는 것 같다. 일반인들을 대상으로 하는 글쓰기 강좌나 독립출판을 한두 달 과정으로 도와주는 워크숍들도 많이 있다. 이런 강좌를 듣는 것이 책을 만들고 글을 쓰는 일에 도움을 줄 수 있을 것이다. 그러나 워크숍을 찾아다니고 책을 낼 거라고 이야기하지만 결국에는 어떠한 결과물도 만들어내지 못하는 사람들을 나는 많이 봐왔다.

50분 동안 이야기를 들었을 때는 생각보다 별것 아닌 것 같다. 집에 가면 바로 할 수 있을 것 같기도 하다. 그러나 막상 집에 돌아가서 직접 해보려고 하면 가장 쉽고 간단하게 생각했던 부분들조차 어떻게 해야 할지 막막할 것이다. 이건 사실 독립출판 워크숍뿐만 아니라 모든 강의가 그러할 것인데 고등학교 때 수학 강의를 그렇게 들었어도 아직도 여집합과 교집합의 차이를 이해하지 못하는 나에게는 더욱 그러한 일이다. 모든 것은 하나하나 직접 부딪히고 해결해나갈 때 진짜로 뭔가를 배웠다고 할 수 있다.

책을 어떻게 만들고 표지는 또 어떻게 만들지, 책의 크기나 글자체나 여백 같은 기술적인 부분들은 사실은 전부 다 부수적인 부분이며 인터넷을 잠깐만 뒤져봐도 쉽게 알 수 있다.

정말로 가장 빨리 한 권의 책을 쓰고 싶다면 이런 책을 읽거나 글쓰기, 책 만들기 워크숍을 들으러 다니는 것이 아니라, 지금 당장 컴퓨터를 켜서 워드 프로그램을 열거나 펜을 쥐고 노트를 펼친 뒤, 이야기의 첫 문장을 적어나가기 시작해야만 한다. 그리고 그 글의 가장 마지막 문장에 마침표가 찍혔을 때, 비로소 한 권의 책이 완성될 것이다.

저는 작가도 아니고 글쓰기를 전문적으로 배워본 적도 없으며 아직까지도 글을 왜 쓰는가, 어떻게 해야만 글을 잘 쓸 수 있는 걸까. 왜 나는 다른 사람들처럼 쓰지 못할까. 나에게 정말 글을 쓸 수 있는 능력이나 재능, 혹은 기회가 있을까를 매일같이 고민하고 또 불안해합니다. 그러나 결국 어떻게든 몇 개의 이야기를 시작했고 또 그 이야기들에 방점을 찍었기에 책을 만들 수 있었습니다. 비록 아무것도 할 줄 모르고 무엇을 해야 할지도 몰라 30년 넘게 집에서 놀고먹기만 하던 저 같은 사람도요.

죄송합니다만,
잠시 진부한 이야기를 조금 건네어 보겠습니다.

하나를 해.
다음이 있어.
그러면 또 그다음에 뭔가가 있더라.

어쩌면 그다음, 아니면 그다음의 다음에는
오랫동안 상상만 해오던 일이 기다리고 있을지도 몰라.
그때까지 다시 한번, 밀어 올려 보자.

처음으로 수줍음이란 감정을 느낀 것은 생후 16개월 무렵,
방 안에 가만 누워 천장에 돌아가는 모빌을
물끄러미 바라만 보고 있는데 부모님이 나를 봤다.
반가워 웃을까 하고 생각했지만
왠지 쑥스러워져 나는 그저 자는 척을 했다.

처음으로 이 책에서 거짓말을 시작한 것은
31페이지 두 번째 줄부터.

처음으로 진심을 담은 이야기를
시작해야겠다고 생각한 것은 바로 지금,
순간의 마음을 담은 이야기를 전해본다.

효도해라.
어머니에게 잘 해드려라.
힘내라.
열심히 살아라.
다시 한번 일어나서 움직여봐라.

마음속에 지닌 이야기들을 한번 적어보길 바란다. 부디
그 마지막 마침표가 새로운 시작이 될 수 있기를.

이 텅 빈 페이지가
당신의 첫 페이지가 되기를.